하늘 천 따 지
천자문 여행

지혜의 샘 시리즈 **14**

하늘 천 따지
천지문 여행

초판 1쇄 발행 | 2008년 08월 10일
초판 7쇄 발행 | 2024년 12월 31일

엮은이 | 김영진

발행인 | 김선희 · 대 표 | 김종대
펴낸곳 | 도서출판 매월당
책임편집 | 박옥훈 · 디자인 | 윤정선 · 마케터 | 양진철 · 김용준

등록번호 | 388-2006-000018호
등록일 | 2005년 4월 7일
주소 | 경기도 부천시 소사구 중동로 71번길 39, 109동 1601호
        (송내동, 뉴서울아파트)
전화 | 032-666-1130 · 팩스 | 032-215-1130

ISBN 978-89-91702-38-7 (03820)

지혜의 샘 시리즈 14

하늘 천 따 지

천자문

여행

김영진 엮음

매월당
MAEWOLDANG

이끄는 말

《천자문》은 한문을 처음 배우는 사람들을 위한 입문서이다. 이 책은 중국 남조 양무제 때 만들어진 것으로 위로는 제왕가로부터 아래로는 민간에 이르기까지 가장 선호하는 한문 입문서로 알려지고 있다. 그 까닭은 문체가 우아하고 화려할 뿐만 아니라 내용 또한 단순한 한자 학습서를 넘어서 우주와 자연의 섭리, 역사, 인간의 도리와 처세의 교훈 등이 함축되어 있기 때문이다.

이 책의 제작 동기와 과정에 대해서 여러 사적에서 살펴볼 수 있는데, 그 중에서 당나라 때의 책인 《상서고

실(尙書故實)》에 비교적 자세하게 설명되어 있다. 즉, 양 무제가 자신의 여러 왕자에게 글과 서예를 가르치려고 은철석에게 명하여 왕희지의 글씨 중에서 중복되지 아니한 글자 1천 자를 탁본하여 조각 종이 하나에 글자 하나씩 넣게 하고는 차례 없이 뒤섞여 있는 것을 주흥사를 불러 "경이 재주가 있으니, 나를 위하여 글을 지어주오."하자 주흥사가 하루 저녁 만에 편집하여 올렸는데, 이때에 주흥사는 너무 신경을 써서 하룻밤 사이에 자신의 머리털이 다 희어졌다고 한다. 그래서 일명 '백수문(白首文)'이라고도 일컫는다.

천자문은 1천 자인데, 매 4자를 일구(一句)로 모두 250구(句), 이구(二句)를 일련(一聯)으로 전체가 125련(聯)으로 된 일종의 고체시(古體詩)이다. 일반적으로 천자문은 모두 다른 글자라고 전해진다. 그러나 전래되는 과정에서 판본에 따라 글자가 중복되는 현상을 자주 볼 수 있는데, 자주 중복되는 대표적인 글자로 발(發)·거(巨)·곤(昆)·척(戚)·운(雲)·자(資) 등 6자를 들 수 있다.

천자문 이전에 대표적인 한문 입문서로 진(秦)나라

때에 《창힐편(蒼頡篇)》, 한나라 때에 《범장편(凡將篇)》, 《권학편(勸學篇)》, 《급취장(急就章)》, 삼국 시대에 《비창(蜱蒼)》, 《광창(廣蒼)》, 《시학편(詩學篇)》 등이 있었다. 그 중에서 《창힐편》과 《급취장》이 후세에 큰 영향을 끼쳤다. 그러나 이 책들은 여러 가지 다른 판본의 문제로 인해 그 신뢰성이 떨어졌으며, 다른 입문서도 어려운 문체 등의 문제로 인해 보편적인 한문 입문서로 정착되지 못했다.

이와 반면에 천자문은 그 문체가 쉽고 아름다우며 내용 또한 정교할 뿐만 아니라 양나라 황실에서 제작하여 왕자들의 교육에 사용한다는 명성 때문에 널리 애용하게 되었다. 이는 명말 청초(明末淸初)의 학자인 고염무가 "독자들이 《삼창(三蒼)》을 어렵다고 하고 《천자문》은 쉽다고 하여 지금에는 소학을 위해 항시 가정에서 쓰는 서적이 되었다."고 한 점에서 확인할 수 있다.

《천자문》이 출간된 후에 아이들을 위한 여러 한문 입문서가 나왔다. 이 입문서들 통속성과 어떤 방면의 지식 등에서 각기 장점을 지니고 있지만 한 가지 공통된

결점은 《천자문》에 비해서 문체나 편집의 정교성 등에서 뒤떨어진다는 평을 받고 있다. 예컨대 《삼자경(三字經)》은 《천자문》과 기타 한문 입문서의 장점을 최대한 취하여 만들어진 서적으로 알려져 있다. 그럼에도 불구하고 《삼자경》은 《천자문》보다 못하다는 것이 대부분의 평가이다. 예컨대 장태염은 "《삼자경》은 《천자문》에 비해 두 가지 부족한 것이다. 즉 글자가 중복되는 것이 많으며, 문체가 아름답지 못하다."라고 평가했다.

《천자문》은 후세에 전래되는 과정에서 수당(隋唐) 시기에 활동한 지영선사의 공을 언급하지 않을 수 없다. 지영선사는 왕희지의 7세손으로 그는 30년 동안에 《천자문》 800본을 모사하여 절강성 동쪽의 각 사찰에 기증하였다. 때문에 왕희지 필법의 특징과 더불어 《천자문》을 널리 전파하는데 큰 역할을 했다. 지영선사 이후에 역대 저명 서예가나 인사들이 《천자문》을 필사하여 서예 작품으로 남겼는데, 즉 회소·송 휘종·조맹부·문정명 등등이다. 그들의 작품은 서체나 풍격 면에서 각기 독특한 면모를 지니고, 이 작품들을 통해 《천자문》

은 민간에까지 널리 전파되었다.

우리나라에 《천자문》이 전래된 시기는 분명하지 않다. 단지 백제의 왕인 박사가 《논어》와 더불어 《천자문》 등을 일본에 전파시켰다는 기록을 살펴볼 때에 이미 삼국 시대에 우리나라로 유입된 것으로 추정할 수 있다. 그러나 시기적으로 왕인 박사가 주흥사보다 앞선 인물임으로 이 《천자문》은 다른 판본일 가능성이 높다.

중국과 마찬가지로 우리나라에서도 《천자문》은 한문 입문서로 가장 많이 애용했다. 왕실이나 명문 대가집의 자제뿐만이 아니라 가난한 선비나 서민의 자제들도 여력이 생기면 가장 먼저 이 《천자문》부터 배웠다. 특히 우리 선조들의 자녀 교육에 대한 열정과 정성은 대단하여 자녀가 성장하기 전부터 덕망 있고 유식한 인사를 일일이 찾아다니면서 《천자문》 한 자씩을 쓰게 하여 천 명에게 천자를 받으면 이를 사랑하는 자손에게 물려주기도 했다.

이 같은 선조의 정성과 사랑 때문에 오늘날까지 《천자문》의 첫 구절인 '하늘 천~', '따 지~'의 메아리가 우리들의 귓가에 울려 퍼지는 것 같고 입가에서 맴도는 것이 아닐까?

　아무쪼록 이 책 《하늘 천 따 지 천자문 여행》을 통하여 한자와 한문에 대한 흥미를 고취시키고, 동방 문화에 대한 이해와 실생활에 보탬이 되길 간절히 기원해 본다.

2008년 8월 유난히 더운 여름에
김영진

天地玄黃 宇宙洪荒
천지현황 우주홍황

하늘은 위에 있어 그 빛이 검고 땅은 아래에 있어서 그
빛이 누렇다. 하늘과 땅 사이는 넓고 커서 끝이 없다.

한자풀이 및 난이도

天(하늘 천) 地(땅 지) 玄(검을 현) 黃(누를 황) 宇(집 우)
宙(집 주) 洪(넓을 홍) 荒(거칠 황)

단어풀이

천지(天地) : 하늘과 땅. 유의어 : 건곤(乾坤)과 천양(天壤).
우주(宇宙) : 무한한 시간과 만물을 포함하고 있는 끝없
　　　　　　는 공간의 총체.

 해설 및 고사

　하늘 천(天)은 어른이 양팔을 벌리고 서 있는 모습인
클 대(大)와 그 위로 끝없이 펼쳐져 있는 하늘ㅡ의 뜻

을 합한 글자이다. 땅 지(地)는 온누리 야(也)에 잇달아 흙(土)이 깔려 있다는 뜻을 합한 글자로 '땅'을 뜻한다. 그런데 왜 우리 선조들은 하늘의 빛은 검고 땅은 황색으로 보았을까? 하늘의 빛은 낮에는 파랗고, 땅의 빛은 반드시 황색이 아닐 경우가 있다. 예컨대 사막이나 북극, 남극 등의 땅은 흰색이다. 그러나 자세히 생각하면 하늘이 낮에 파랗다고 해도 지구의 대기권을 벗어나면 즉, 우주 공간의 빛은 검다는 것을 확인할 수 있다. 또 땅의 빛을 황색으로 보는 것은 대부분의 사람들은 풀이나 곡식이 잘 자라는 지역에서 살아가고 있기 때문인데, 그 지역의 땅은 대부분 황색이기 때문이다.

우(宇)와 주(宙)의 원뜻은 모두 집을 의미하지만 약간의 차이가 있다. 즉 '우'는 일반적으로 보통 건물을 의미하고, '주'는 지붕이 불룩한 큰 건물을 의미한다. 그런데 우주가 어떻게 무한한 시간과 만물을 포함하고 있는 끝없는 공간의 총체적 의미로 사용될 수 있는가? 이는 옛 중국에서 '우'를 공간적 개념으로, '주'는 시간적 개념으로 그 의미를 확대하여 나중에 우주 또는 천하의 뜻으로 사용하게 되었고, 그 범위는 끝없이 넓고도 거친 것으로 생각한 데에서 기인한 것이다.

이 '천지현황, 우주홍황'의 구절은 대개 한자를 배우는 사람들이 가장 먼저 접하기 때문에 삼척동자도 잘 알고 있다. 그런데 이 구절을 인용하여 장원급제를 한 분도 있다. 바로 조선조 선조 임금 때에 영의정을 지냈던 이산해(李山海 1539~1609)이다. 이산해는 13세 때에 과거에 응시하면서 〈만초손부(滿招損賦)〉라는 글을 지었는데 맨 첫구절이 바로 '천지현황, 우주홍황'이라 짓자 곁에서 보던 사람들이 웃었다. 그러나 계속해서 "그 가운데 내 몸이 있으니, 부서진 가루만큼 작도다. 한 움큼의 물을 쥐고 느끼는 만족감, 드넓은 바다에다 비기어 본다."라고 짓자, 과거장 안에 있던 사람들이 놀라지 않는 자가 없었다. 그리하여 장원을 하고 나니, 고시관이 그를 앞으로 데려다가 앉혀 놓고 다시 다른 문장을 짓게 하였더니, 단숨에 글을 지어내는데 그 기상이 의젓하였다고 한다. 그리하여 고시관이 서로 돌아보며 경탄해 마지않았고 그 시문을 나누어 가지고 가서 보물로 삼았다고 한다.

日月盈昃 辰宿列張
일월영측 진수열장

┃ 해와 달은 차고 기울며 별과 별은 벌려 있다.

 해설 및 고사

   《주역》〈풍괘편〉에 이르기를 "해는 중천에 뜨면 기울
고 달은 차면 이지러진다."하였다. "해는 하루 안에 중
천에 떴다가 기울고, 달은 한 달 안에 찼다가 이지러져
이리저리 왔다갔다함이 쇠고리와 같아 끝이 없다."고

설명하였다. 그리고 주나라의 주천(周天, 천체)에는 별의 도수(度數)를 12방위로 나누면 이것은 진(辰)이 되며, 해와 달이 만나는 곳을 28위치로 나눌 경우 그 위치에 해당하는 28수(宿)가 되는데, 이것들이 서로 끊임없이 순환 운행하면서 널리 분포되어 있다는 말이다.

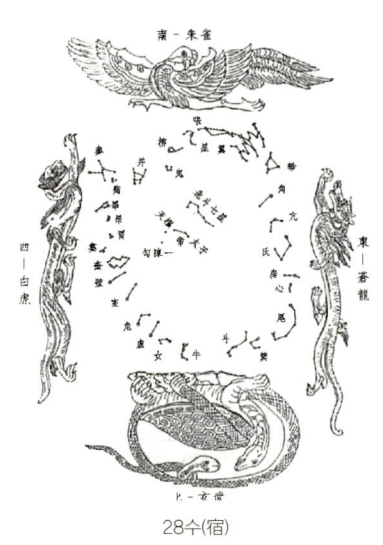

28수(宿)

寒來暑往 秋收冬藏
한래서왕 추수동장

추위가 오면 더위가 가고, 가을에는 거두어들이며 겨울에는 저장한다.

단어풀이

秋收(추수) : 가을에 곡식을 거둠.
冬藏(동장) : 가을에 거둔 곡식을 잘 보관함.

해설 및 고사

　《주역》〈계사전〉에 이르기를 "추위가 가면 더위가 오고 더위가 가면 추위가 오니, 가는 것은 굽힘이요 오는 것은 폄이다."하였다. 만물이 봄에는 나오고, 여름에는 자라며, 가을이 되어 성숙하면 거두어들이고, 겨울이 되어 추워서 초목이 말라죽게 되면 닫아 감춘다. 이는 자연 순환의 법칙을 설명한 글이다. 과거 선조들이 기후의 변화를 예측하고 농사 등에 활용했던 24절기의 주요 특징을 살펴보면 다음과 같다.

입춘(立春) : 양력 2월 4일경, 음력 1월, 봄이 시작되는 날이다.

우수(雨水) : 양력 2월 19일경, 음력 1월 중, 눈이 비로 변하고 얼음이 녹아 물이 된다.

경칩(驚蟄) : 양력 3월 6일경, 음력 2월, 겨울잠을 자던 동물들이 깨어나기 시작한다.

춘분(春分) : 양력 3월 21일경, 음력 2월, 낮과 밤의 시간이 같아 진다.

청명(淸明) : 양력 4월 6일경, 음력 3월, 날씨가 맑고 화창하다.

곡우(穀雨) : 양력 4월 20일경, 음력 3월, 곡식을 기를 만한 봄비가 내린다.

입하(立夏) : 양력 5월 5일경, 음력 4월, 여름이 시작된다.

소만(小滿) : 양력 5월 21일경, 음력 4월, 햇볕이 충만하고 만물이 자라서 가득 차게 된다.

망종(芒種) : 양력 6월 6일경, 음력 4 · 5월, 보리를 거두고 볏모를 심게 될 시기이다.

하지(夏至) : 양력 6월 21일경, 음력 5월, 일 년 중에 해가 가장
긴 날이다.

소서(小暑) : 양력 7월 7일경, 음력 6월, 차츰 날씨가 더워진다.

대서(大暑) : 양력 7월 23일경, 음력 6월, 더위가 극도에 달한다.

입추(立秋) : 양력 8월 7일경, 음력 7월, 가을이 시작되는 날이다.

처서(處暑) : 양력 8월 23일경, 음력 7월 중순, 더위가 멈춘다.

백로(白露) : 양력 9월 8일경, 음력 8월, 이슬이 맺히기 시작한다.

추분(秋分) : 양력 9월 23일경, 음력 8월, 낮과 밤의 길이가 똑같
아진다.

한로(寒露) : 양력 10월 8일경, 음력 9월, 찬 이슬이 맺히기 시작
한다.

상강(霜降) : 양력 10월 23일경, 음력 9월, 서리가 내리기 시작한다.

입동(立冬) : 양력 11월 7일경, 음력 10월, 겨울이 시작되는 날이다.

소설(小雪) : 양력 11월 22일경, 음력 10월, 차차 눈이 내리기 시
작한다.

대설(大雪) : 양력 12월 7일경, 음력 11월, 눈이 많이 내리는 계
절이다.

동지(冬至) : 양력 12월 22일경, 음력 12월, 밤이 가장 긴 날이다.

소한(小寒) : 양력 1월 5일경, 음력 12월, 본격적으로 추워진다.

대한(大寒) : 양력 1월 20일경, 음력 12월, 추위의 절정기에 달한다.

閏餘成歲 律呂調陽
윤여성세 율여조양

│ 윤달이 남아 해를 이루고, 율여로 음양을 고르게 한다.

해설 및 고사

1년은 12개월에 24절기이니, 절기는 꽉 차고 월삭(月朔)은 부족하여 32개월이 모이면 29일이 남는다. 이것을 가지고 윤달을 두어 사시(四時)를 정하고 1년을 이룬다. 예부터 윤달은 모든 일에 부정을 타거나 액이 끼지 않는 달로 인식되어 왔다. 조선 순조 때 학자 홍석모가 지은 세시풍속서인 《동국세시기》에 따르면 윤달은 '결혼하기에 좋고 수의를 만드는 데에 좋으며 모든 일에

꺼릴 게 없는 달'이라고 나와 있다. 흔히 윤달은 '귀신이 없는 달'이라고 하는데, 이는 달마다 해당 달을 관장하는 12귀신이 있지만 13번째 달인 윤달은 공짜달이라 이를 다스리는 귀신이 없어서 하늘과 땅의 모든 신들이 사람에 대한 감시를 쉬는 기간이라는 의미다. 윤달에는 불경스러운 행동도 신의 벌을 피할 수 있으며 모든 일에 부정을 타거나 액이 끼지 않는다고 했다. 이 때문에 우리 선조는 집안의 수리나 이사, 묘 이장, 수의 만들기 등을 많이 했다.

음악은 천지의 조화가 소리로 나타난 것으로 그 속에는 음양이 서로 잘 배합되고, 세상만사의 이치를 깨달을 수 있게 한다. 그래서 공자는 "시에서 감흥을 일으키고 예로 확립하고 음악으로 완성한다."고 하였다. 천지간의 모든 사물이 한데 어울려 서로 조화롭게 사는 것이 인간의 궁극적인 행복이기에 음악은 곧 즐거울 낙(樂) 자의 의미로 그 뜻이 확장되었다. 동양 음악은 기본적으로 십이율(十二律)로 구성된다. 십이율은 다시 육률(六律)와 육려(六呂)로 분류할 수 있는데 육률은 양(陽)에 속하는 여섯 가지 소리, 곧 황종 · 태주 · 고선 ·

유빈 · 이칙 · 무역이고, 육려는 음(陰)에 속하는 여섯 가지 소리로 곧 대려 · 협종 · 중려 · 남려 · 임종 · 응종이다.

雲騰致雨 露結爲霜
운등치우 노결위상

❘ 구름이 날아 비를 이루고, 이슬이 맺혀 서리가 된다.

한자풀이 및 난이도

雲(구름 운) 騰(오를 등) 致(이를 치) 雨(비 우) 露(이슬 로)
結(맺을 결) 爲(할 위) 霜(서리 상)

단어풀이

雲騰(운등) : 구름이 오르다.
露結(노결) : 이슬이 맺다.

해설 및 고사

　자연 순환의 이치를 말한 것이다. 산과 못에서 구름
이 나오고 구름이 엉기어 날면 비를 이루니, 이는 구름
과 비가 서로 따름을 말한 것이다. 밤공기가 이슬을 이
루고 이슬이 차가워져 맺히면 서리가 되니, 이는 서리

와 이슬이 서로 교대함을 말한 것이다.

또 《주역》 〈곤괘편〉에 "서리를 밟으면 굳은 얼음을 이르나리, 음(陰)이 처음 엉기네."라는 구절이 나오는데, 서리가 내리면 곧 얼음이 생기는 것을 시사하는 것이다. 이처럼 자연 변화는 예측 가능하여 부지런한 농부나 사람들은 능동적으로 대처할 수 있다. 조선조의 문인 기대승은 이와 유사한 이치를 〈희우(喜雨)〉라는 시로 서술했다.

"구름이 모여들어 햇볕을 덮었고, 기왓골에 부슬부슬 밤에도 울리네. 푸른 이랑 기름지니 사람들 기뻐하고, 언덕길 진흙되니 말도 자주 놀란다네. 하늘의 마음 생산하는 이치 변함 있겠나? 만물은 참으로 생기발랄한 정 머금는다네. 이로부터 풍년을 얻을 수 있으니, 마침내 바람과 이슬 가을 풍경 보리라!"

金生麗水 玉出崑岡
금생여수 옥출곤강

│ 금은 여수에서 나오고, 옥은 곤강에서 나온다.

단어풀이

麗水(여수) : 중국 운남성 영창부에 속했던 지명.
崑岡(곤강) : 산의 이름으로 형산의 남쪽에 있다. 또 곤륜
산과 촉강이라는 설도 있음.

해설 및 고사

여수는 중국에서 가장 유명한 금 생산지이다. 이곳은
과거 중국 운남성 영창부에 속했는데, 현재는 운남성
여강납서족(麗江納西族)의 자치현 일대이다. 이 지방 사

23

람들이 강물 속에서 모래를 건져내어 백 번을 일어서 선별하면 금이 된다고 한다. 그래서 그 강의 이름이 금사강(金沙江)으로 불린다.

옥은 황금과 더불어 옛 사람들이 가장 선호했던 장식품이다. 전하는 말에 따르면 옥은 수천년 동안 해와 달의 정화를 받고 이루어졌기 때문에 사악하고 흉한 일을 막을 수 있다고 믿었다. 그래서 옛날에 "군자는 반드시 옥을 찬다."고 하였으며 특별한 이유가 없으면 옥을 몸에서 떼지 않았다고 한다.

곤강의 곤은 산의 이름으로 형산의 남쪽에 있다. 형산은 과거 초나라 지역으로 이 나라 사람 변화가 이 산에서 옥을 얻어 성왕에게 바쳤다. 이 옥을 화씨벽(和氏璧)이라 이름하였는데, 뒤에 진(秦)나라는 이것으로 옥새를 만들었다고 한다. 또 곤강을 중국 서쪽에 있는 곤륜산으로 보는 설도 있다.

劍號巨闕 珠稱夜光
검호거궐 주칭야광

| 칼은 거궐이 이름났고, 구슬은 야광을 일컫는다.

한자풀이 및 난이도

劍(칼 검) 號(이름 호) 巨(클 거) 闕(대궐 궐) 珠(구슬 주)
稱(일컬을 칭) 夜(밤 야) 光(빛 광)

단어풀이

巨闕(거궐) : 보검의 이름.
夜光(야광) : 진주의 이름.

해설 및 고사

　거궐은 전설적인 보검의 이름이다. 춘추전국 시대 월
나라의 명장인 구야자가 만든 것으로 알려진다. 그는
월왕을 위해 거궐·담로·승사·어장·순구의 5검을
만들고, 초왕을 위해 용연·태아·공포의 3검을 만들

었다 한다. 후일 월왕 구천이 오나라를 멸망시키고 보검 여섯 자루를 얻었는데, 즉 오구·담로·간장·막야·어장·거궐 등이다. 그 중에서 거궐은 아주 예리하고 단단하여 청동이나 쇠로 만든 그릇을 잘라도 너무도 잘 들어 공기가 들어가서 베인 면에 기장 쌀만 한 구멍이 곳곳에 나타났다고 한다. 그래서 검의 명칭을 거궐이라 했다.

한편 거궐은 인재를 잘 양성해 내는 것에 비유하였다. 장협(張協)의 칠명(七命)에 "풍륭은 망치를 휘두르고 비렴은 숯불을 풀무질하여 신기(神器)를 만들어 이름을 진거궐(珍巨闕)이라 했다."하였다.

야광은 진주의 한 이름이다. 춘추 시대에 수나라 임금이 용의 아들을 살려주자, 용은 지름이 한 치가 넘는 진주를 주어 그 은혜에 보답하니, 진주가 빛나 밤에도 대낮과 같이 환하였다. 이것을 초왕에게 바치자 초왕은 크게 기뻐하여 몇 대가 지나도록 수나라에 무력 침공을 하지 않았다고 한다.

果珍李柰 菜重芥薑
과진리내 채중개강

과일은 오얏과 벗을 보배로 여기고, 채소는 겨자와 생강을 중히 여긴다.

果(괴실 과) 珍(보배 진) 李(오얏, 성 리) 柰(능금나무 내)
菜(나물 채) 重(무거울 중) 芥(겨자 개) 薑(생강 강)

 해설 및 고사

오얏의 좋은 품종이 있는데 진(晉)나라 왕융은 남들이 이 종자를 전할까 염려하여 씨에 구멍을 뚫어 놓았다. 내(柰, 벗)는 일명 빈파(頻婆)인데 단맛이 마름 열매와 같으며, 양주에서 생산되는 내는 포(脯, 건과)로 만들수 있으니 모두 진귀한 과일이다. 겨자는 위장을 따뜻하게 하고 기운을 유행하게 하며, 생강은 신명(神明)을

27

통하게 하고 악취를 제거하니, 채소는 한 종류가 아니
지만 이 두 가지를 소중히 여겼다.

조선조 최고의 명필이었던 추사 김정희(金正喜
1786~1856)는 나이 일흔이 넘어 쓴 글에 인생의 제일가
는 즐거움을 다음과 같이 술회했다.

"부부와 아들, 딸, 손자, 손녀들과 오순도순 모여서
맛난 두부와 오이, 생강, 나물 음식을 먹는 것이다. 이
것은 촌 늙은이의 제일가는 즐거움이다. 비록 허리춤에
말만 한 큰 황금 인장을 차고, 밥상 앞에 시중드는 여인
을 수백 명을 거느려도 능히 이런 맛을 누릴 수 있는 사
람이 과연 몇이나 될까?"

海鹹河淡 鱗潛羽翔
해함하담 인잠우상

바닷물은 짜고 강물은 담백하며, 비늘이 있는 고기는
물 속에 잠겨 있고 깃 있는 새는 공중을 난다.

한자풀이 및 난이도

海(바다 해) 鹹(짤 함) 河(물 하) 淡(묽을 담) 鱗(비늘 린)
潛(잠길 잠) 羽(깃 우) 翔(높이 날 상)

 해설 및 고사

바닷물이 짠 이유는 여러 가지 요인이 있지만 그 중
의 하나는 육지의 강물이 흘러들어 가 염분이 쌓여서
그 맛이 짜게 되며, 황하나 장강의 근원은 티베트 설산
의 눈과 얼음이 녹아 여러 물이 침입하지 않으므로 그
맛이 담백하다.

《예기》에 이르기를 "비늘이 있는 동물이 360가지인

데 그 중에 용이 으뜸이 되고, 깃이 달린 동물이 360가
지인데 그 중에 봉황이 으뜸이다."하였으니, 비늘이 있
는 동물은 물 속에 숨어 살고 깃이 달린 동물은 공중에
나는 바, 이는 모두 동물의 천성인 것이다.

상해 예원의 용기와

龍師火帝 鳥官人皇
용사화제 조관인황

관직을 용으로써 이름하고 불을 숭상한 임금이 있고,
관직을 새로써 기록하고 인문을 크게 밝힌 황제가 있다.

단어풀이

火帝(화제) : 중국의 전설적인 제왕, 신농씨(神農氏) 혹은
　　　　　　수인씨(燧人氏)를 지칭하기도 함.
人皇(인황) : 중국의 전설적인 제왕, 황제(黃帝)를 지칭하
　　　　　　기도 함.

해설 및 고사

중국인의 시조로 떠받드는 전설적인 임금들을 삼황 오제(三皇五帝)라고 한다. 이 삼황 오제에 대한 기록은 서적마다 약간씩 다르나 대개 복희씨와 신농씨, 그리고 황제를 삼황으로 삼고, 소호, 전욱, 제곡, 당요, 우순을 오제로 삼는다.

그 중에 복희씨는 용으로 관직을 표기하였고 신농씨는 불의 상서로움이 있어 불로 관직을 표기하였기 때문에 화제(火帝)라 하였다. 그리고 소호가 즉위할 때에 봉황새가 이르렀으므로 새로 관직을 표기하였다. 인황은 황제를 가리키는 것으로 그가 다스릴 때에 인문(人文)이 크게 갖추어졌기 때문에 이름한 것이다. 즉, 문자·음악·의상·수학·갑자(甲子)·의학 등이 당시에 처음으로 만들어졌다고 한다.

始制文字 乃服衣裳
시제문자 내복의상

비로소 문자를 지었고, 이에 웃옷과 치마를 입었다.

해설 및 고사

문자가 없던 상고 시대에 복희씨라는 전설적인 제왕이 노끈을 묶어 표시하여 정치를 하여 이를 서계(書契)라고 한다. 그러나 이는 정식 문자가 아니었기 때문에 황제(黃帝)의 신하인 창힐이 새의 발자국을 보고 글자를 창제하니 이것이 문자의 시초로 알려진다. 또 상고 시대에는 의상이 없었으므로 나뭇잎과 짐승의 가죽을 취하여 몸을 가렸었다. 이를 안타깝게 여긴 황제의 아내는 누에를 길러 실을 뽑는 방법과 의상을 만드는 방법을 백성들에게 가르쳤다고 전해진다. 그녀의 이름은 누조 혹은 뇌조라고도 하는데 서릉씨의 딸이다. 그녀는 뒷날 선잠(先蠶), 즉 잠신(蠶神)으로 불렸다. 또 일설에는 황제의 신하인 호조(胡曹)가 의상을 만들었다고 전해지기도 한다.

선잠사

推位讓國 有虞陶唐
추위양국 유우도당

> 천자의 자리를 미루어주고 나라를 사양한 이는 유우
> 씨와 도당 씨이다.

한자풀이 및 난이도

推(밀 추) 位(지리 위) 讓(사양할 양) 國(나라 국)
有(있을 유) 虞(헤아릴 우) 陶(질그릇 도) 唐(당나라 당)

단어풀이

有虞(유우) : 순임금.
陶唐(도당) : 요임금.

해설 및 고사

요임금은 검소한 생활과 항상 백성들을 위해 노심초
사했다. 그러나 그의 아들 단주가 못났기 때문에 현인
에게 제위를 양위하고 싶었다. 그리하여 그는 청렴고결

요임금

한 허유에게 제위를 물려주고 싶다고 제의했다. 그러나 허유는 그의 제의를 일언지하에 거절하고 기산 아래의 영수(潁水) 가로 은거해 버렸다. 그가 천하에 뜻이 없음을 간파한 요임금은 9주의 장관이라도 맡아달라고 간청했다. 그러나 이 말을 들을 허유는 화를 버럭 내면서 영수 가로 달려가 자신이 고약한 말을 들었다고 귀를 씻고 있었다. 이때 그의 친구인 소부라는 자가 자신의 소에게 물을 먹이기 위해 영수가에 왔다가 허유의 모습을 보고 그 까닭을 물었다. 이에 허유가 자초지종을 이야기하니, 소부는 "자네가 심산유곡에서 은거하지 않고, 세속에서 명예를 추구했기 때문에 그런 말을 들은 것이다."고 질책했다. 그리고 허유가 귀 씻은 물을 자신의 소에게 먹일 수 없다면서 물을 거슬러 올라가서 소에게 물을 먹였다고 한다.

이에 요임금은 자신의 신하 중에서 효성이 지극하고 사도(司徒, 교육담당관)직을 맡았던 순에게 양위하고자 했다. 순 역시 여러 차례 사양했지만 결국 양위를 받게 되었다. 순임금도 요임금과 마찬가지로 백성들을 위해 수많은 선정을 베풀고 현인에게 제위를 양위하고자 했다. 그 까닭은 자신의 아들 상균이 노래와 춤을 줄 술 알았지 무능력했기 때문이었다. 그리하여 치수(治水)로 공을 세운 우에게 양위하였다. 이것이 바로 천자의 자리를 미루어주고 나라를 사양했다는 것이다.

순임금

그러나 우왕는 현인에게 양위하지 않고 자신의 아들 계에게 제위를 물러줌으로써, 선양제는 부자 상속제로 바뀌게 되었다.

弔民伐罪 周發殷湯
조민벌죄 주발은탕

> 백성을 조문하고 죄가 있는 이를 친 사람은 주나라 무왕 발과 은나라의 탕왕이다.

 해설 및 고사

백성을 구휼하여 위로함을 조(弔)라 하고, 죄를 밝혀 토벌함을 벌(伐)이라고 한다. 발은 주나라 무왕의 이름이고, 탕은 은왕의 호이다. 하나라의 걸왕이 폭악무도

하고 자신의 향락을 위해서 백성들을 괴롭혔다. 그는 백성들의 고혈을 짜서 요대라는 초호화 궁전을 세우고, 그 속에 연못을 만들고 술로 가득 채웠다. 그리고 자신이 총애하는 말희라는 미녀와 배를 띄우고 노닐었다고 한다. 이도 부족하여 실오라기 하나 걸치지 않은 궁녀 3천 명을 주변에 세워두고 북을 치면 일제히 연못으로 엎드려 소처럼 술을 마시게 했다. 그런데 정신없이 술을 들이켜다 머리를 처박고 죽는 궁녀도 있었는데, 이 광경을 본 말희는 낄낄대고 웃었다고 한다. 여기에서 바로 '주지육림(酒池肉林)'이라는 고사성어가 생겼다. 이처럼 극악한 행동을 일삼는 걸을 보다 못한 탕은 하나라를 정벌하고, 은나라를 세웠다.

또 은나라 말기의 주왕은 하나라의 걸왕과 마찬가지로 초호화 궁전을 지어놓고 주지육림에서 달기라는 미녀와 음탕한 행동을 일삼았다. 그리고 달기를 즐겁게 하기 위해서 '포락지형(炮烙之刑)'이라는 전대미문의 참혹한 형벌을 만들었다. 이 형벌은 구리 기둥에 기름을 발라 숯불로 달군 뒤에, 평소 자신에게 간언을 했던 충신이나 원망하는 사람들을 착출하여 맨발로 구리 기둥을 건너가게 만들었는데, 건너다가 미끄러져 불에 떨어져 죽으면 달기와 더불어 깔깔대고 웃었다고 한다. 그리고 자신의 형제인 왕자 비간이 자주 주왕의 횡포에 대해 간언을 하자 그에게 "성인의 심장에는 구멍이 일곱 개나 뚫려 있다고 들었는데, 네놈도 그러한지 확인해 보아야겠다."라면서 비간을 무참하게 죽이기도 했다. 그의 이러한 폭정을 참다못한 주나라 무왕은 그를 토벌했다.

주무왕

坐朝問道 垂拱平章
좌조문도 수공평장

> 조정에 앉아 도를 묻고 옷을 드리우고 팔짱만 끼고도
> 밝게 다스려진다.

한자풀이 및 난이도

坐(앉을 좌) 朝(아침 조) 問(물을 문) 道(길, 말할 도)
垂(드리울 수) 拱(껴안을 공) 平(평평할 평) 章(글월 장)

단어풀이

垂拱(수공) : 옷소매를 늘어뜨리고 팔짱을 낀다는 뜻으
로, 아무 일도 하지 아니하고 남이 하는 대
로 내버려둠.
平章(평장) : 공평 정대하게 다스리는 일.

어진 임금이 정치하는 핵심은 단지 몸을 공손히 하고 조정에 앉아 현자(賢者)를 존경하고 도를 물음에 달려 있다는 것이다.

기실 '좌조문도'의 시작은 진시황 때부터 비롯되었다고 한다. 당시에는 군신이 모두 앉아서 업무를 보았다고 한다. 그 전에는 군신이 모두 서서 조정의 일을 상의하고 처리하였기 때문에 '입조(立朝)'라고 불렸다. 그러다가 송나라 때부터는 군주는 자리에 앉고 신하들은 다시 서서 조정의 일을 처리했다고 한다.

'수공평장'이란 말은 《서경》〈필명편〉에 "의상을 드리우고 손을 꽂고 그 성공을 우러러 바란다."는 구절에서 유래된 것이다. 또 《요전》에 이르길 "백성들을 공명정대하게 다스린다."고 하였으니 임금이 몸을 공손히 하고 현자를 존경하면 옷소매를 늘어뜨리고 팔짱을 끼고 있어도 저절로 공평정대한 정치를 이루게 됨을 말한 것이다.

愛育黎首 臣伏戎羌
애육여수 신복융강

> 백성을 사랑하여 기르고 오랑캐들도 신하로 복종한다.

한자풀이 및 난이도

愛(사랑 애) 育(기를 육) 黎(검을 려) 首(머리 수)
臣(신하 신) 伏(엎드릴 복) 戎(오랑캐 융) 羌(종족이름 강)

단어풀이

黎首(여수) : 모든 백성.
戎羌(융강) : 서쪽의 오랑캐, 사방의 모든 오랑캐.

해설 및 고사

여수(黎首)는 여민(黎民), 검수(黔首), 서민(庶民) 등의
말과 같으니 백성을 가리킨다. 백성은 나라의 근본이니
임금이 마땅히 어루만지고 사랑하며 길러주어야 한다
는 것이다.

조선조의 문인인 이수광(李晬光 1563~1628)은 《지봉
유설》에서 백성과 임금의 관계를 다음과 같이 말했다.
"백성이란 어리석으나 속일 수 없으며, 비록 천하다고
하나 이길 수 없는 것이다. 남의 임금된 자가 민심을 얻
으면 천자가 되고, 잃으면 필부가 된다. 그런 까닭에 백
성을 임금의 하늘이라고 한다."

융(戎)과 강(羌)은 모두 서북 방면의 오랑캐인데, 여기
서는 사방 오랑캐를 총괄하여 말한 것이다. 본디 중국
인들은 한족(漢族) 이외의 이방인을 사방의 오랑캐라고
불렀다. 사방의 오랑캐는 북쪽은 적(狄), 남쪽은 만(蠻),
동쪽은 이(夷), 서쪽은 융(戎)이다. 이 사방의 오랑캐들
도 덕으로 회유하고 위엄을 보인다면 모두 와서 신하로
복종하게 된다는 것이다.

遐邇壹體 率賓歸王
하이일체 솔빈귀왕

멀고 가까운 나라가 일체가 되어 따르고 거느리고 복종하여 임금에게 귀의한다.

한자풀이 및 난이도

遐(멀 하) 邇(가까울 이) 壹(한 일) 體(몸 체)
率(거느릴 솔, 비율 률) 賓(손 빈) 歸(돌아갈 귀) 王(임금 왕)

단어풀이

遐邇(하이) : 먼곳과 가까운 곳.
歸王(귀왕) : 왕에게 귀의한다.

 해설 및 고사

'하이일체'는 신하부터 백성에 이르기까지와 중국과 사방의 오랑캐에 이르기까지 멀고 가까운 것을 막론하고 모두 일체로 보아야 한다는 것이다.

'솔빈(率賓)'은 '솔빈(率濱)'과 같은 말로 사해(四海)의 안이라는 뜻이다. 즉 《시경》의 〈북산〉이란 시에 "넓은 하늘 밑에 임금의 땅이 아닌 데가 없고, 사해 안의 끝까지 왕의 신하가 아닌 자가 없다."는 구절에서 유래된 것이다. '귀왕'의 왕은 중국의 전통적인 왕도정치를 말하는 것으로, 맹자는 왕도정치를 다음과 같이 서술했다.

"덕으로 인을 행하는 자가 왕이다. 왕자는 땅이 크지 않아도 된다. 탕왕은 70리로, 문왕은 100리로 하였다. 힘 때문에 사람에게 복종하는 자는 마음에서 우러나온 복종이 아니라 힘이 모자라서이다. 덕으로 사람에게 복종하는 자는 마음으로 기뻐하여, 마치 칠십 제자가 공자에게 복종하듯 진실로 복종한다. 시경에 이르길 '서쪽에서도 동쪽에서도 남쪽에서도 북쪽에서도 모두 복종한다.'고 함은 이를 가리키는 것이다."

鳴鳳在樹 白駒食場
명봉재수 백구식장

우는 봉황새는 나무에 있고 흰 망아지는 마당에서 풀을 먹는다.

한자풀이 및 난이도

鳴(울 명) 鳳(봉황새 봉) 在(있을 재) 樹(나무 수) 白(흰 백)
駒(망아지 구) 食(밥 식) 場(마당 장)

단어풀이

白駒(백구) : 흰 망아지.

해설 및 고사

  명봉(鳴鳳)은 우는 봉황새로, 봉황은 어진 임금이 나
오면 나타난다는 길조이다. 《시경》 대아(大雅) 권아(卷
阿)에 "봉황새가 우니, 오동나무가 자란다."하였다. 봉황새는 오동나무가 아니면 깃들지 않고 죽실(竹實)이 아니면 먹지 않으니, 이는 길한 선비가 거주할 곳을 얻음에 비유한 것이다.

　백구는 흰 망아지이지만 본래 용을 일컫는 것이다. 용은 하늘에서는 비룡(飛龍)이 되고 물 속에서는 유룡(游龍)이 되지만, 땅으로 나오면 백마(白馬) 혹은 백구가 된다. 《삼국지연의》의 조자룡은 백룡이 화한 백구를 타고, 《서유기》의 삼장법사는 동해 용왕이 화한 백구를 타고 서역에 불법을 구하러 간다. 백구는 현인이 타고 찾아온 것을 말한다. 《시경》〈백구〉에 이르길 "깨끗한 흰 망아지 우리 마당에 있는 싹을 먹는다."하였으니, 이는 현자가 찾아옴을 찬미한 것이다. 그가 타고 온 흰 망아지가 잠시 마당에서 쉬면서 마당 가운데의 풀을 먹는 것이다.

化被草木 賴及萬方
화피초목 뇌급만방

교화(敎化)가 풀과 나무에도 미치고, 힘입음이 만방에 미친다.

한자풀이 및 난이도

化(될 화) 被(입을 피) 草(풀 초) 木(나무 목) 賴(힘입을 뢰) 及(미칠 급) 萬(일만 만) 方(모 방)

단어풀이

萬方(만방) : 많은 나라, 사방의 모든 나라, 만국.

해설 및 고사

인간의 교화가 풀과 나무에까지 미칠 수 있을까? 기실 과장된 표현 같지만 전혀 근거 없는 말은 아니다. 보통 집에서 키우는 화초들도 주인의 관심과 애정의 정도에 따라 그 성장 여부가 달라짐을 느낄 수 있다.

《시경》에 주나라 왕실을 찬미하여 이르길 "주왕이 인자하고 후덕하여 그 은택(恩澤)이 초목에 미쳤다."한 것이 바로 이것이다. 또 어린아이를 보호하듯이 백성을 아껴 인덕과 은택이 널리 퍼지면 만방이 지극히 넓지만 영원히 의뢰하지 않음이 없게 된다. 《서경》〈익직편〉에 우왕을 칭찬하여 이르길 "백성이 곡식을 먹어 만방이 다스려졌다."한 것이 이것이다.

蓋此身髮 四大五常
개차신발 사대오상

! 대개 이 몸과 터럭은 네 가지 큰 것과 다섯 가지 떳떳
! 함이 있다.

한자풀이 및 난이도

蓋(덮을 개) 此(이 차) 身(몸 신) 髮(터럭 발) 四(넉 사)
大(큰 대) 五(다섯 오) 常(항상 상)

단어풀이

身髮(신발) : 신체와 모발.
四大(사대) : 네 가지 큰 것, 즉 하늘, 땅, 임금, 부모.
五常(오상) : 다섯 가지 떳떳한 것,
　　　　　　 인의예지신(仁義禮智信).

　사람이 사람된 까닭은 사대(四大)와 오상(五常)이 있
기 때문이라고 강조하는 말이다. 먼저 사대를 중시하게
된 것은 자신을 존재하게 만든 하늘과 땅, 부모에 감사
함을 가져야 하고, 사회집단 속에서 일정한 지위와 신
분을 가지고 살아가자면 임금과 주종 관계를 가지지 않
을 수 없기 때문이다. 또 오상을 중시하는 이유는 인간
관계를 성립하는 덕성이기 때문이다. 인간은 각기 독립
된 생명체로 존재하지만 다른 인간 또는 사물과의 일정
한 관계를 맺고 어울려 살아야 한다. 그러자면 일정한
행동 준칙이 있어야 한다.

　인의예지신은 바로 행동 준칙이나 마음가짐이라 할
수 있다. 이러한 행동 준칙과 마음가짐에 대해 맹자는
다음과 같은 말을 했다. "남을 사랑했는데도 친해지지
않으면 스스로를 돌이켜 그에게 인자하게 대했는지를
반성해 본다. 남을 다스리는 데 다스려지지 않으면 돌
이켜 그에게 지혜롭게 대했는지를 반성해 본다. 남을
예로써 대했는데 답례가 없으면 스스로를 돌이켜 그에
게 공경하게 대했는지를 반성해 본다. 행하고도 얻지

못하는 것이 있으면 모두 돌이켜 자신에게 잘못이 있는
지를 찾는다."

恭惟鞠養 豈敢毁傷
공유국양 기감훼상

┊ 공손히 키워주고 길러주심을 생각하니 어찌 감히 헐
┊ 고 손상할까.

한자풀이 및 난이도

恭(공손할 공) 惟(오직 유) 鞠(국문할 국) 養(기를 양)
豈(어찌 기) 敢(감히 감) 毁(헐 훼) 傷(상할 상)

단어풀이

鞠養(국양) : 기름, 양육함.

해설 및 고사

부모가 길러준 은혜에 대해 《시경》에 다음과 같이 형
용한 시가 있다. "애달프다, 부모여! 나를 살린다 고생
하셨네. 아비 없으면 누굴 믿으며, 어미 없으면 뉘게게

의지하리. 나면 머금어 보살피고, 들면 화들짝 다가오
시네. 아버님 날 낳으시고, 어머님 날 기르시고, 나를
어루만져 나를 먹이시며, 나를 기르시고 나를 거두어,
나를 거듭 돌보시어, 나며 들며 덮어주시니, 그 은덕 갚
으려니, 높은 하늘 가이없네."

또 《효경》에 '신체발부 수지부모 불감훼상(身體髮膚受
之父母不敢毀傷)'이라는 명구가 있다. 이 말은 곧 "신체
와 터럭, 피부까지도 부모로부터 받았기에 감히 손상시
키지 말아야 한다."라는 의미이고 이것 바로 "효도의 시
작이다."고 하였다. 때문에 항상 스스로를 중히 여기고
스스로 사랑하면서 부모의 은덕에 보답해야 한다. 《예
기》에도 "군자가 옛일을 돌이켜 처음으로 돌아감은 그
태어난 바를 알기 위함이다. 그러므로 그 경건한 마음
을 다하고 그 심정을 나타내어 힘을 다해 종사함으로써
그 부모에게 보답하니, 감히 극진히 아니할 수 없음이
다."라고 하였다.

女慕貞烈 男效才良
여모정렬 남효재량

여자는 지조가 굳고 곧음을 사모하고, 남자는 재주와 어짐을 본받아야 한다.

단어풀이

貞烈(정렬) : 여자의 정조가 곧고 매움.
才良(재량) : 재주와 어짐.

해설 및 고사

　정렬은 여자의 정조가 바르고 그 행실이 강직한 것을
말한다. 흔히 남편이 죽거나 순결을 잃었을 경우에 따
라 죽거나 자결하는 것을 정렬의 상징으로 오인하는 사

람이 많다. 정약용이 자신의 재종아우 정상여가 죽자 그의 아내가 따라 죽어 그녀의 묘지명을 써주면서 다음 과 같은 글을 쓴 적이 있다.

"옛날 선조(先祖) 교리공 정언벽의 상에 목숙인이 순 절하였다. 조정에 정문(旌門)을 세워주기를 청하려는 사 람이 있자 정시한이 말하기를 '그만두라, 까닭 없이 남 편을 따라 죽는 것은 바른 의리가 아니다.'" 따라서 정 렬은 죽은 남편을 따라 죽는 것을 으뜸으로 삼지 말고, 평소 정결하고 곧은 시조로 바른 행실을 사모해야 한다 는 것이다.

재량은 재주와 어짐을 모두 갖춘 것을 의미한다. 재 주만 있고 어질지 못하면 주변의 원망과 배척을 받게 되어 훌륭한 사람이 될 수 없다.

知過必改 得能莫忘
지과필개 득능막망

> 허물을 알면 반드시 고치고, 능함을 얻으면 잊지 마라.

한자풀이 및 난이도

知(알 지) 過(지날, 허물 과) 必(반드시 필) 改(고칠 개)
得(얻을 득) 能(능할 능) 莫(말 막) 忘(잊을 망)

단어풀이

莫忘(막망) : 잊지 마라.

해설 및 고사

《논어》〈학이편〉에 공자가 말씀하길 "군자는 장중하
지 않으면 위엄이 없으며 배운다고 하여도 학문이 튼튼
하지 못할 것이다. 충성과 신의를 위주로 하여, 나보다
못한 사람을 사귀지 말며, 허물이 있으면 고치기를 꺼

리지 말 것이다."라 하였다.

또 〈술이편〉에서는 "덕이 닦아지지 않는 것과 학문이 익혀지지 않는 것, 의로운 일을 듣고 실천하지 못하는 것과 잘못을 고치지 못하는 것이 나의 근심이다."라고 하여 허물을 알면서 고치지 못함을 개탄했다. 그래서 공자의 제자인 자로는 자신의 잘못을 듣기 좋아하여 남들이 잘못을 말해 주면 기뻐하였으니, 이는 잘못을 들어 알아서 반드시 고치려고 함이었다.

그리고 《논어》〈자상〉에 "달미다 그 능함을 잊지 말라."고 하였는데, 자신이 능한 것에 자만하지 않고 이를 잊지 않고자 노력해야 한다. 이 두 구(句)는 학문하는 사람들에게 가장 긴요한 말이다.

罔談彼短 靡恃己長
망담피단 미시기장

│ 다른 사람의 단점을 말하지 말고, 자기의 장점을 믿지
│ 말라.

한자풀이 및 난이도

罔(없을 망) 談(말씀 담) 彼(저 피) 短(짧을 단) 靡(아닐 미)
恃(믿을 시) 己(몸 기) 長(길 장)

해설 및 고사

　　군자는 자신의 행실을 닦는 것을 급히 여기기 때문에
남의 장단점을 점검할 겨를이 없다. 맹자가 말하길 "남
의 선하지 못함을 말하다가 후환이 있으면 어찌 하려는
가?"하였으니, 마땅히 체념해야 할 것이다.

　　조선조의 문신인 신흠(申欽 1566~1628)은 〈검신편〉이
라는 글에서 "자기의 허물을 보고 남의 허물을 보지 않

아야 군자다. 남의 허물을 보고 자기의 허물을 보지 않으면 소인이다. 몸을 참으로 성실하게 살핀다면 자기의 허물은 날마다 드러날 것인데, 어느 겨를에 남의 허물을 살필 틈이 있겠는가? 남의 허물을 살피는 자는 자기 몸을 성실하게 살피지 않는 자이다. 자기의 허물은 용서하고 남의 허물만을 알며, 자기의 허물은 덮어두고 남의 허물을 들추어내면 그 허물이야말로 큰 것이다. 능히 이러한 허물을 고쳐야 비로소 허물이 없는 사람이리 할 것이다."리고 하였다.

자신이 장점을 가지고 있더라도 스스로 믿어서는 안 되니, 믿으면 진전이 없게 된다. 《서경》〈열명〉에 이르길 "자신이 장점을 가지고 있다고 생각하면 그 장점을 잃는다."하였으니, 가장 경계하고 살펴야 할 일이다. 이 두 구를 알면 자기 몸을 성실히 닦을 수 있다.

信使可覆 器欲難量
신사가복 기욕난량

약속은 실천할 수 있게 하고 기량은 헤아리기 어렵게 하고자 한다.

해설 및 고사

《논어》에서 유자가 말하길 "신(信)이 의(義)에 가까우면 약속한 말을 실천할 수 있다."하였으니, 약속을 할 때에 그 일에 의당 부합되어야지 약속한 말을 실천할 수 있다. 사람의 기량은 끝없이 넓고 깊어져서 헤아리기 어렵게 되어야 한다.

조선조의 명재상 황희는 관대하기를 힘써 평생 동안 다른 사람의 과거 잘못에 대해 생각하지 않았고, 어린 아이나 종들이 죽 늘어서서 울고 소리 질러도 조금도 꾸짖거나 금하지 않았다. 일찍이 부하 관리를 불러다 일을 의논하고 막 붓을 적셔 문서를 쓰려고 할 적에 어린 종이 그 위에 오줌을 누었는데, 공은 다만 손으로 그것을 문질러 닦을 뿐이었다.

또 권벌은 동향(同鄕) 출신으로 본부(本府)의 교관이 된 사람이 와서 함께 가다가 길에서 교관이 이서를 때렸다. 부사가 이 소문을 듣고 직접 죄를 따지자, 교관이 황급해서 거짓으로 말하기를, "이것은 제가 한 것이 아니라 권공이 한 것입니다."하였다. 부사가 말하기를, "이서를 매질해서 사사로움을 이루는 짓을 권벌도 한단 말인가?"하면서 꾸짖는 말을 계속하였으나 권벌은 끝내 변론하지 않았다.

이 두 구는 황희와 권벌처럼 사람의 기량은 그 속이 넓고 깊어 헤아리기 어렵게 되어야 한다는 의미를 지니고 있다.

墨悲絲染 詩讚羔羊
묵비사염 시찬고양

묵자는 실이 물드는 것을 보고 슬퍼하였고, 시는 고양 편을 찬미했다.

단어풀이

墨(묵) : 묵자로 이름은 적(翟)이다. 춘추전국 시대 사상가, 겸애(兼愛)와 숭검설(崇儉說)을 주장함.
羔羊(고양) : 어린 양과 큰 양, 《시경》의 한 편명(篇名).

해설 및 고사

묵자는 실을 물들이는 것을 보고 슬퍼하였으니, 사람의 본성은 본래 선하지만 습관과 물듦에 이끌려 악하게 된다고 하였다. 이는 실이 본래는 희나 한 번 검어지면 다시는 희어질 수 없음과 같음을 말한 것이다.

맹자 또한 성선설을 주장하면서 다음과 같이 말했다. "사람의 본성이 선한 것은 마치 물이 아래로 내려가는 거와 같다. 사람이 선하지 않은 사람은 없고, 물이 아래로 내려가지 않는 물은 없네. 이제 물을 쳐서 뛰어오르게 하면 사람의 이마를 넘어가게 할 수 있고, 밀어서 보내면 산에라도 올라가게 할 수 있으나 그것이 어찌 물의 본성이겠나? 외부의 힘으로 그렇게 하는 것이다. 사람이 선하지 않은 짓을 하게 만들 수 있는데 그 본성 역시 물의 경우와 같이 외부의 힘으로 그렇게 되는 것이다."

'고양'은 《시경》 소남(김南)의 한 편명이니, 남국의 대부가 문왕의 교화를 입어 절약하고 검소한 것과 정직함을 찬미한 것이다.

이 두 구는 인간 본성은 바뀌기 쉬워 악해질 수도 있고 선해질 수도 있음을 말한 것이다.

景行維賢 克念作聖
경행유현 극념작성

| 대도를 행하면 현자가 되고 능히 생각하면 성인이
| 된다.

해설 및 고사

《시경》의 〈거할〉이란 시에 "높은 산을 우러러보고 경
행을 행한다."고 하였는데, 여기서 경행은 대도(大道)를
행한다는 의미로, 대도를 행할 수 있어야 현자가 될 수

있다는 것이다. 《서경》의 〈다방〉에 이르길 "성인도 생각하지 않으면 광인이 되고, 광인도 능히 생각하면 성인이 된다."하였으니, 성인과 광인의 구분이 한 번 생각함에 달렸음을 말한 것이다.

조선조 문인 윤증(尹拯 1629~1714)이 사재(士載)의 시에 화답한 내용 중 "그대의 시 진심에서 우러나온 것이라서 며칠 동안 반복해서 읊조리게 하였다네. 그대 재주 뛰어난 건 본래 알았거니와 그대의 뜻이 또한 탄복할 만하네그려. 학문에 정진함은 독서에 달려 있고 흔들림 없는 자세 또한 마음에 달려 있지. 성현을 목표 삼아 오랫동안 달려가면 멀다 한들 이르지 못할 리 있겠는가?"고 하였는데, "능히 생각하면 성인이 된다."라는 말과 부합된다.

德建名立 形端表正
덕건명립 형단표정

덕이 서면 명예가 서고 생김새가 단정하면 의표(儀表)
도 바르게 된다.

해설 및 고사

덕은 실제이고 명예는 실제의 허울이니, 실제가 있는
곳에 명예는 저절로 따르기 마련이다. 형모가 단정하면
그림자도 단정하고 의표가 바르면 그림자도 바르다.

《서경》의 〈군아〉에 이르길 "네 몸이 바르면 감히 바르지 않게 하는 이가 없다."하였고, 공자가 말씀하길 "그대가 올바른 것으로 솔선수범하면 누가 감히 바르지 않게 하겠는가?"하였으니, 바로 이것을 말한 것이다.

일찍이 퇴계 이황(李滉 1501~1570)은 독서당에 있을 적에 여러 동료들은 술을 마시고 풍월을 읊거나 한담을 하고 바둑 장기를 두는 등 그럭저럭 지내는 동안에도 홀로 문을 닫고 들어앉아 글을 읽었다. 독서당이란 원래 비래가 촉망되는 젊은 관리들을 일상의 빈다한 입무에서 잠시 벗어나 다시 공부해 학문을 쌓게 하기 위해서 설치한 것이다. 그러나 대개의 젊은 관리들은 독서당에 들어오면 휴가의 개념으로 생각하여 그동안에 쌓인 피로를 풀고 자유롭게 생활을 했다. 그러나 이황은 종일토록 꿇어앉은 채 글을 읽었는데, 편히 쉬거나 놀이를 하느라 공부를 폐한 적이 없었다. 그는 과연 명실상부한 동방의 대 유학자였다.

空谷傳聲 虛堂習聽
공곡전성 허당습청

> 빈 골짜기에는 크게 소리치면 울려 퍼져 그대로 전해
> 지고 빈 방에서 소리를 내면 울려서 잘 들린다.

한자풀이 및 난이도

空(빌 공) 谷(골 곡) 傳(전할 전) 聲(소리 성) 虛(빌 허)
堂(집 당) 習(익힐 습) 聽(들을 청)

단어풀이

空谷(공곡) : 빈 골짜기.
虛堂(허당) : 빈 집, 빈 방.

해설 및 고사

　　빈 골짜기에 있을 때 소리를 내면 골짜기에서 스스로
메아리가 울려와 그 소리가 전해진다. 빈 집에 소리가
있으면 또한 듣는 것을 익힐 수 있으니, 집이 넓음은 골

짜기가 훤하게 뚫린 것과 같다. 《주역》의 〈계사전〉에 이르길 "말을 함에 있어서 그 말이 선하면 천리 밖에서도 응한다."하였으니, 바로 이러한 이치이다.

《논어》〈선진〉에 공자가 자로, 증석, 염유, 공서화 등 제자들에게 "만약 누군가가 자네들을 알아준다면 자네들은 어떻게 하겠느냐"고 질문을 한 적이 있었다. 이때 자로가 경송하게 대답하길 "천승의 나라가 대국의 사이에 끼여 견제를 받으면서 이웃 나라의 침략을 받고 기근까지 겹쳐도, 제가 다스린다면 삼 년 안에 인민을 용맹스럽게 만들고 사람 노릇하는 정도(正道)를 알게 할 것입니다."라고 하였다. 그러자 공자가 허허 웃었다.

염유는 "사방 육칠십 리 또는 오륙십 리 되는 작은 나라를 제가 다스리게 된다면 삼 년 만에 백성을 풍족하게 할 수 있습니다. 그리고 예와 음악 같은 일들은 군자의 힘을 빌려야 할 것 같습니다."하였다. 또 공손화는 "제가 능력이 있다고 말할 수는 없으므로 좀 더 배우고 싶습니다. 종묘에서 제사 지낼 때와 제후들이 회동할 때에 검은 제복을 입고 장보 갓을 머리에 쓰고서 좀 도와주는 일을 하고 싶습니다."하였다.

마지막으로 증석에게 묻자 그는 타던 비파를 놓고 말하길 "저는 세 사람이 말한 것과 다릅니다. 늦은 봄에 봄옷이 만들어지면 갓쓴 이 대여섯 사람과 동자 예닐곱과 기수(沂水)에서 목욕하고 무우(舞雩)에서 바람 쐬다가 시를 읊으면서 돌아오겠습니다."라고 하였다. 그러자 공자는 '아!' 하고 감탄하면서 "나는 증석과 그 뜻이 같다."고 하였으니, 역시 두 구의 뜻과 같은 이치이다.

禍因惡積 福緣善慶
화인악적 복연선경

화는 악이 쌓임에 인연하고, 복은 착한 경사에 인연
한다.

단어풀이

惡積(악적) : 악이 쌓임.

해설 및 고사

　화를 불러들임은 평일에 악행을 쌓았기 때문이다. 복
을 얻음은 실로 선행을 쌓은 뒤의 경사를 인연한 것이
다. 맹자가 말하길 "화와 복은 모두 자기가 구하는 것이다."하였으니, 화와 복이 선과 악에 따름은 마치 그림자와 메아리가 신체와 소리에 따름과 같은 것이다. 《주역》〈곤괘〉에도 "선(善)을 쌓은 집안에는 반드시 남는 경사가 있고, 불선(不善)을 쌓은 집안에는 반드시 남는 재앙이 있다.'고 하였는데, 이는 선은 선을 낳고 악은 악을 낳는다는 인과론에서 비롯된 것이다.

尺璧非寶 寸陰是競
척벽비보 촌음시경

한 자 되는 구슬이 보물이 아니요, 한 치의 광음(光陰)을 다투어야 한다.

해설 및 고사

이 구절은 《회남자》에 "성인은 한 척이나 되는 보물을 귀하게 여기지 않고, 촌음을 더욱 소중히 여긴다."는 글에서 유래된 것이다. 송나라 주자의 권학문에도 "오늘 배우지 않아도 내일이 있다고 하지 말고, 올해 배우지 않아도 내년이 있다고 하지 말라. 세월은 흘러가는 것이라서 나를 기다려주지 않으니, 아 그대로 늙어버린다면 이 누구의 잘못이겠는가?"라고 하였는데, 이는 학문은 이루기 어려우니 한 순간도 헛되이 보내지 말라는 뜻이다.

옛 사람들이 시간을 '촌음'으로 표현한 것은 해시계에서 비롯된 것이다. 즉 해시계는 돌로 만든 받침 위에 수직형의 막대나 쇠바늘을 꽂아놓고 해 그림자의 방향에 따라 시간을 재는데, 그 길이가 일 촌을 넘지 않았기 때문에 시간으로 불려진 것이다.

資父事君 曰嚴與敬
자부사군 왈엄여경

> 부모 섬김을 바탕으로 하여 임금을 섬기니, 엄숙함과
> 공경함이다.

한자풀이 및 난이도

資(재물, 자뢰할 자) 父(아비 부) 事(일, 섬길 사)
君(임금 군) 曰(가로 왈) 嚴(엄할 엄) 與(더불 여)
敬(공경할 경)

단어풀이

事君(사군) : 임금을 섬김.

해설 및 고사

《효경》에 이르길 "부모를 섬기는 도리를 바탕으로 임
금을 섬기는데, 그 공경함은 같은 것이다. …하늘에는
두 해가 없고, 땅에는 두 왕이 없으며, 집에는 두 높은

이(부모)가 없으니, 하나를 가지고 다스리는 것이다."하였다. 이는 부모를 섬기는 효와 군주를 섬기는 충은 모두 엄숙함과 공경하는 데에서 비롯되므로 부모를 섬기는 것과 군주를 섬기는 것이 본래 한 이치이다.

공경이 효의 근본이 된다는 내용은 《논어》에 다음과 같이 묘사되어 있다. 즉 자유가 효에 대해 물으니 공자가 말씀하길 "오늘날의 효도는 부모를 잘 부양하는 것을 일컫는다. 그러나 개와 말들도 모두 길러줌이 있을 수 있는데, 공경하지 않으면 무엇으로써 구별할 수 있겠는가?"

孝當竭力 忠則盡命
효당갈력 충즉진명

효도는 마땅히 힘을 다해야 하고, 충성은 목숨을 다해
야 한다.

한자풀이 및 난이도

孝(효도 효) 當(마땅할 당) 竭(다함 갈) 力(힘 력)
忠(충성 충) 則(곧 즉, 법 칙) 盡(다할 진) 命(목숨 명)

단어풀이

竭力(갈력) : 힘을 다함, 진력(盡力).
盡命(진명) : 목숨을 다함, 목숨을 바침.

해설 및 고사

갈력은 그 힘을 다하여 게을리하지 않음을 이르니,
자하가 말한 "부모를 섬기되 그 힘을 다한다."와 맹자의

"힘을 다하여 밭을 갈아 공손히 자식의 직분을 한다.[竭力耕田恭爲子職]"는 것이 바로 그런 뜻이다. '진명'은 그 몸을 희생하더라도 사양하지 않음을 이르니, 자하가 말한 "군주를 섬기되 그 몸을 바친다."는 것이다.

조선조 영조 때 왕세자인 장헌태자가 소싯적에 '효도는 힘을 다해서 하고 충성은 목숨을 바쳐서 하는 것이 입신양명하는 길이다.[孝當竭力, 忠則盡命, 立身揚名之道也]'라고 한 열다섯 글자를 써놓은 것이었다. 이 글을 나중에 우연히 발견한 영조는 "상단의 글은 주흥사의 《천자문》에 있는 것이고 하단의 것은 곧 《효경》의 글인데 합쳐서 문장을 만든 것이다."하니, 여러 신하들이 일어나 절하고 찬송하였다. 어떤 이는 판(板)에 내걸기를 청하는 사람도 있고 어떤 이는 판에 내걸지 말자고 청하기도 하여 아까워하고 겸손해 하는 뜻을 보였다. 영조는 신하에게 하나를 모사(摸寫)하여 홍문관에 보관하고, 승지·사관과 홍문관·시강원의 관원들에게 아울러 다시 복사하게 하였다.

臨深履薄 夙興溫凊
임심리박 숙흥온청

│ 깊은 물에 임한 듯, 얇은 얼음을 밟는 듯이 하고 일찍
│ 일어나 부모의 덥고 서늘함을 살핀다.

해설 및 고사

　증자가 병이 깊어지자 제자들을 불러 말했다. "이불
을 들추고 나의 발을 보고 나의 손을 보아라! 《시경》에
'전전긍긍하여 깊은 못에 임한 듯이 하고 살얼음을 밟

는 듯이 하라.' 하였으니, 지금 이후에야 나는 몸을 훼손할까 하는 우려에서 면한 것을 알겠구나."하였다. 이는 증자가 부모에게서 물려받은 자신의 신체가 훼손되지 않았음을 제자들에게 보여주고 이것이 바로 효도의 근간임을 재삼 강조하고 있다. 또 항상 부모에게 받은 몸을 훼손시키지 않기 위해서는 "깊은 물에 임한 듯, 얼음을 밟는 듯이 하라."고 제자들을 가르쳐주고 있다.

《시경》의 〈맹〉에는 "일찍 일어나고 밤늦게 자라."하였고 《예기》의 〈곡례〉에는 "겨울에는 따뜻하게 해드리고 여름에는 시원하게 해드려라."하였으니 이는 옛 사람이 연로한 부모님을 섬기는 기본적인 예절이다. 이 두 구는 효도를 말한 것이다.

似蘭斯馨 如松之盛
사란사형 여송지성

| 난초와 같이 향기롭고, 소나무와 같이 성하리라.

해설 및 고사

난초는 깊은 골짜기에 있으면서 외로이 향기로우니
군자의 지조가 넓고 맑음을 비유한다. 조선조 문인인 신
흠의 시에 "난초가 골짝에 있음이여, 향기 또한 드날리
도다. 향기 어찌 성하지 않으랴만 가시나무가 곁에 있

구나. 난초가 밭이랑에 있음이여! 향기 또한 매우 성하네. 잠깐 그것을 캐어 와서 그 향기를 내 감상하노라. 난초가 휘장 아래 있음이여, 향기 또한 융숭하도다. 무릇 모든 군자들이여 왜 마음을 공경치 않으랴."라고 하였다.

소나무는 서리와 눈을 업신여기며 홀로 무성하니, 군자의 기질이 우뚝함을 비유한다. 최익현(崔益鉉 1833~1906)은 '고송(古松)'이란 시에 "나그네 한없는 취미는 물 건너 드문 솔을 보는 것이지. 산과 바다 기운에 함초롬히 젖고 차가운 눈서리로 멱을 감누나. 한결같은 절개 뜻은 변하지 않아, 오랜 세월에도 본색을 바꾸지 않네. 그래도 몇 마리 학이 있어 때로 이곳을 찾은 것이 고마워라."라고 지었는데, 최익현의 꼿꼿한 선비의 기질을 잘 표현하고 있다.

川流不息 淵澄取暎
천류불식 연징취영

냇물은 흘러 쉬지 않고, 못 물이 맑으면 비춰볼 수 있다.

한자풀이 및 난이도

川(내 천) 流(흐를 류) 不(아니 불) 息(쉴 식) 淵(못 연)
澄(맑을 징) 取(취할 취) 暎(비칠 영)

해설 및 고사

물이 흘러가는 것을 내라 하는데 그 흐름이 밤낮으로 쉬지 않으니 결국 강과 바다까지 흘러간다. 또 흐르는 물은 썩지 않는다. 군자도 스스로를 수양하고 부단히 학문을 부지런히 닦아야 대성할 수 있다. 《열자》에는 우공이산(愚公移山)이라는 우화가 있다. 우공은 마을 출입구를 막고 있는 두 산을 자식들과 함께 파 없애려고 하니 지유라는 노인이, 도저히 할 수 없는 일이라며 그 어리석음을 비웃다. 그러자 우공은 자기가 죽으면 아들이, 아들이 죽으면 손자가 있다. 산은 높지만 더 이상 높아질 리가 없으니 반드시 언젠가는 없앨 수 있지 않느냐고 대답하고 매일 계속 팠다. 이에 감동한 상제(上帝)는 두 신을 보내 그 두 산을 짊어지고 다른 곳으로 옮기게 했다는 이야기이다. 무슨 일이든 꾸준히 노력하여 중단하지 않으면 큰일도 반드시 성공할 수 있다는 비유이다.

물이 고여 있는 것을 못이라 하는데 그 맑음이 물건을 비출 수 있으니, 군자가 홀로 밝게 봄을 비유한 것이다. 공자가 말하길 "사람은 흘러가는 물에는 비춰볼 수 없고 고요한 물에 비춰보아야 한다. 오직 고요한 것만이 고요하기를 바라는 모든 것을 고요하게 할 수 있다."고 하였다.

容止若思 言辭安定
용지약사 언사안정

행동거지를 엄숙하여 생각하는 듯이 하고, 말소리는
조용하고 안정되어야 한다.

 해설 및 고사

몸가짐을 엄숙하게 하여 생각하는 듯이 하여야 하고,
언사는 자세하고 안정되어야 하니 《예기》에 "엄숙히 하
여 생각하는 듯이 하라."와 "말을 안정되게 하라."가 바

로 이것이다.

송나라 유학자 장식이 여조겸에게 보낸 글 가운데에 "옛 사람이 의관을 정제하고 행동거지를 바르게 한 것은 사적인 의도를 가지고 자랑하려고 함이 아니라, 단지 하늘의 법도에 합당하기 때문에 그대로 따른 것이다."라고 하였다.

또 《논어》의 〈위령공〉에는 자장이 공자에게 행(行)에 대해 질문을 하니 다음과 같은 가르친다. "말이 충성스럽고 신실하며 행실이 돈독하고 공경하면 비록 오랑캐의 나라일지라도 두루 통할 것이요, 말이 신실하지 못하고 행실이 돈독하고 공경하지 못하면, 비록 고향 마을이라도 행세할 수 없다. 서 있으면 자기 앞에 그 말들이 빽빽이 이어져 있는 듯보이고, 수레에 올라타면 그것이 바로 멍에 위에 얹어 있는 듯이 한 순간도 잊어버리는 일이 없어야 행할 수가 있는 것이다." 이에 자장이 허리띠에 이 말씀을 적었다.

그리고 〈방씨유의잡잠〉에 "똑같이 입에서 나오지만 좋은 말도 되고 나쁜 말도 되며, 남을 기쁘게도 성나게도 하지. 처세하는 과정에 성패가 좌우되고 기록으로 남겨져 현명함과 어리석음이 판가름 나는 것. 아, 말하려고 할 때 아예 조심해야지."라고 했다. 이 두 구는 신중한 몸가짐과 말씨를 강조한 글이다.

篤初誠美 愼終宜令
독초성미 신종의령

처음을 독실하게 함이 진실로 아름답고, 마무리를 삼가서 마땅히 좋게 하라.

해설 및 고사

    사람이 처음에 독실하게 정성을 다한다면 참으로 아름다운 일이나 이것만으로 오히려 부족하고, 반드시 그 마침을 삼가야 진선진미가 되는 것이다. 《시경》에 "처음은 있지 않는 이가 없으나 능히 마침이 있는 이가 적다."한 것이 바로 이러한 뜻이다.

　조선조의 문인 조익(趙翼 1579~1655)의 〈속야기잠〉에 "군자는 끝을 시작처럼 신중히 해야 하나니, 밤은 바로 하루가 끝나는 때이니라. 하루 중의 밤과 한 해의 겨울과 사람이 늙고 죽는 것은, 대소와 원근의 차이는 있어도 끝나는 것은 같나니라! 따라서 하루 종일 조심하며 잘못된 한 생각이 없게 하다가도 밤에 제대로 그 마음을 보존하지 못한다면, 이는 시작은 있어도 끝은 없는 것이니 소위 아홉 길 산을 만들 적에 한 삼태기의 흙 때문에 공이 무너지는 것과 같다네."라고 하여 시작과 끝마침의 중요성을 토로했다.

榮業所基 籍甚無竟
영업소기 적심무경

영화로운 사업의 터가 되는 바이고, 좋은 명예가 끝이 없으리라.

'영업'은 바로 영예와 공로로 쌓은 업적인데, 이는 효제(孝弟), 충(忠), 신중한 언행, 독실한 태도, 처음과 끝이 일관된 노력 등의 덕성과 덕행에서 우러나오는 것이다.

《논어》〈학이편〉에 유자가 말하길 "그 사람됨이 효성스럽고 공손하면서 윗사람을 거스르기를 좋아하는 사람은 드물다. 윗사람을 거스리기를 좋아하지 않으면서 난을 일으키기를 좋아하는 사람은 없었다. 군자는 근본에 힘써야 하니, 근본이 서야 노가 생긴다."하였으니, 바로 그 이치를 설명한 것이다. 그 인간 됨됨이에 대한 평판이 좋고 쌓은 업적이 많으면 명성은 저절로 널리 퍼져나갈 것임을 시사한다.

學優登仕 攝職從政
학우등사 섭직종정

배우고서 여유가 있으면 벼슬에 올라 직책을 갖고 정사(政事)에 종사한다.

해설 및 고사

'학우등사'는 《논어》〈자장편〉에 자장이 말하길, "벼슬하고도 여력이 있으면 학문하고, 배우고도 여력이 있으면 벼슬한다."는 구절에서 인용된 것이다. 과거에 선비들은 과거 공부를 위해 피나는 노력을 경주하지만 일단 합격하여 벼슬길에 나가면 배우기를 등한시하는 경우가 많았다. 또 지나치게 자신의 학문을 위하여 나라와 사회를 회피하는 경우가 있었다. 따라서 이를 모두 경계한 것이다.

'섭직'은 임시로 보좌하는 직책이다. 학문을 닦았지만 경험이 부족하므로 먼저 정사를 보좌하는 직책을 맡은 다음에 직접 정사에 참여해야 한다는 것이다.

存以甘棠 去而益詠
존이감당 거이익영

주나라 소공이 남국의 팥배나무 아래에서 백성을 교화하였고, 소공이 죽은 후 남국의 백성이 그의 덕을 추모하여 감당시를 읊었다.

해설 및 고사

주나라 소공(召公)의 성은 희(姬)이고 이름은 석(奭)이다. 문왕의 아들이자 무왕의 이복형제로 무왕을 도와 은나라의 폭군인 주왕을 정벌하고 새 왕조를 세우는 데 큰공을 세웠다. 그런데 새 왕조가 건립된 지 얼마 후에 무왕이 병사하고 어린 조카가 등극하자 그의 숙부인 주공 단과 더불어 국정을 보좌했다.

소공이 남쪽 제후국을 순시할 때에 감당나무 아래에 머무르면서 교화를 펼치니 따르지 않는 이가 없었다. 소공이 떠나가자 남쪽 백성들이 더욱 그를 사모하여 감당시(甘棠詩)를 지어 "무성한 감당나무를 베지 말고 치지 말라. 소공께서 머물렀던 곳이다."하였으니, 그 은택이 당시 사람들에게 깊이 미쳤음을 알 수 있다. 이 감당나무가 있던 곳은 지금의 호남성 영주시 강영현으로 알려진다.

樂殊貴賤 禮別尊卑
악수귀천 예별존비

음악은 귀천에 따라 다르고, 예절은 높고 낮음을 분별
한다.

단어풀이

貴賤(귀천) : 귀하고 천함.
尊卑(존비) : 높고 낮음.

해설 및 고사

음악은 등급이 있으니 천자는 팔일(八佾), 제후는 육일(六佾), 대부는 사일(四佾), 사서인은 이일(二佾)과 같은 따위이니, 이는 신분의 귀천이 달라서이다. 일(佾)은 춤추는 사람의 행(行)을 가리키는 말로 춤추는 사람 역시 이 행수와 같게 하여 8행에 8명씩 모두 64명이고, 제후는 6행에 6명으로 36명이라는 설과 1행은 항상 8명이라는 설이 있다.

신왕이 오례(五禮)를 제정하여 소성에는 군신 간의 의식이 있고 가정에는 부자간의 차례가 있으며, 부부, 장유, 붕우의 등속에도 모두 존비의 구별이 있게 하였다.

오례는 나라 안의 귀신을 섬기는 길례(吉禮), 나라 안의 우환을 슬퍼하는 흉례(凶禮), 나라 안의 질서를 통일하기 위한 군례(軍禮), 외교관 등의 손님을 대접할 때 쓰는 빈례(賓禮), 종족과 형제를 가까이 하고 관혼에 쓰는 가례(家禮)를 가리킨다.

上和下睦 夫唱婦隨
상화하목 부창부수

윗사람이 온화하면 아랫사람이 화목하고, 남편은 선창하고 부인은 따른다.

한자풀이 및 난이도

上(위 상) 和(화할 화) 下(아래 하) 睦(화목할 목)
夫(지아비 부) 唱(부를 창) 婦(며느리 부) 隨(따를 수)

해설 및 고사

위에 있는 자가 사랑하여 가르쳐줌을 화(和)라 하고, 아래에 있는 자가 공손하여 예를 다함을 목(睦)이라 하니, 아버지는 사랑하고 아들은 효도하며, 형은 사랑하고 아우는 공경하는 것 따위가 바로 이것이다.

특히 화목한 집에서는 남편이 선창하면 부인도 유순하게 잘 따른다. 이와 관련된 고사가 《관윤자》〈삼극편〉

에 나온다. "천하의 이치는 남편이 노래 부르면 부인이 따라 부르고, 수놈이 달리면 암놈은 가며, 수컷이 울면 암컷이 응답해야 한다. 이런 까닭에 성인이 언행을 조심하고, 현인들이 언행을 삼가는 것이다."

《방씨사잠》에도 "지아비는 정의로워야 좋고 지어미는 고분고분해야 좋지. 집안이 화락하면 좋은 일만 생겨나고, 서로가 틀어지면 오는 것은 재앙뿐이라네. 음식상을 들 때도 눈썹 닿게 들고, 서로 조심하기를 손님 대하듯 해야지. 암탉이 새벽에 울게 되면 삼강이 바르게 될 수 없다네."라고 하여 부부간의 화목을 제일의 미덕으로 삼았다.

外受傅訓 入奉母儀
외수부훈 입봉모의

> 밖에서 스승의 가르침을 받고 들어가 어머니의 거동
> 을 받든다.

해설 및 고사

남자는 10세가 되면 바깥으로 나가 스승을 따라 배운
다. 그러므로 "밖에서 스승의 가르침을 받는다."고 말한
것이다. 여자는 10세가 되면 집안에서 어머니의 가르침
을 들어 따른다. 그러므로 "들어가 어머니의 의용(儀容,
몸을 가지는 태도)을 받든다."고 말한 것이다. 그러면 남
자도 여자처럼 바깥으로 나가지 말고 집에서 아버지에
게 배울 수도 있지 않을까라는 의구심이 들 수도 있다.

이에 대해 《맹자》에는 다음과 같은 고사가 전한다.

맹자의 제자 공손추가 이런 질문을 하였다. "군자가 자기 아들을 직접 가르치지 않는 까닭은 무엇입니까?" 맹자가 대답하길 "그 이유인즉, 부자간에는 친애하는 정과 잘 되기를 바라는 욕심이 개재되어 있기 때문에 만족한 효과를 거두기가 힘들기 때문이다. 더 자세히 설명하자면, 가르치는 쪽에서는 반드시 올바른 것을 가르치기 마련인데, 올바른 것을 가르쳐도 그것이 행해지지 않을 때는 지식에 대한 욕심이 앞서고 자식에게거는 기대에 어긋남을 느껴 성을 내게 된다. 가르치는 데 이어 성을 내게 되면 기대했던 교육의 효과는 거두지 못하고 도리어 부자간의 정을 손상하게 된다. 아들은 이렇게 생각할 수도 있다. '아버지는 나에게 올바른 도리를 가르쳐주지만 아버지가 성을 내는 것은 올바른 데서 나온 것이 아니다.' 이렇듯 부자간의 애정에 손상이 오면 교육상으로 보아 좋지 못하다. 옛날에는 서로 자식을 바꿔서 가르치고 부자간에는 선으로써 권면하고 인도하였으나, 선으로써 꾸짖지는 않았다. 꾸짖으면 부자간의 애정에 금이 생기고, 부자간의 애정에 금이 생기면 그보다 더 큰 불상사는 없는 것이다."

諸姑伯叔 猶子比兒
제고백숙 유자비아

모든 고모와 백부, 숙부는 조카를 자기 아이와 같이
대하여야 한다.

한자풀이 및 난이도

諸(모두 제) 姑(시어미 고) 伯(맏 백) 叔(아재비 숙)
猶(같을 유) 子(아들 자) 比(견줄 비) 兒(아이 아)

 해설 및 고사

이는 아버지의 자매와 형제를 말한 것이다. '백숙(伯
叔)'은 원래 형제간의 장유에 대한 칭호인데, 세속에서
는 '백'을 아버지의 형이라 하고 '숙'을 아버지의 아우
라 하여 백부, 숙부 등으로 호칭하는데 이는 잘못된 것
이다. 하지만 세속에서 관습적으로 사용했기 때문에 지
금까지 통용된다.

조카는 형제의 아들을 말한 것이다. 여러 고모와 백숙부의 입장에서 보면 조카는 자기 자식과 같아 자기 아들처럼 대해 주어야 한다. 조카뿐만이 아니라 비록 혈육 관계가 없다 하더라도 같은 스승을 섬겼거나 뜻이 같고 정분이 깊은 친구 사이에도 서로 형제간의 의리를 지킨 경우가 많다. 또 더 나아가 자하 같은 선비는 "사해 안이 모두 형제이다."라고 주장하면서 사람들이 서로 가슴을 열고 우애롭게 지내길 고대했다.

孔懷兄弟 同氣連枝
공회형제 동기연지

깊이 생각해 주는 형과 아우는 기운이 같고 마치 가지처럼 이어져 있다.

한자풀이 및 난이도

孔(구멍 공) 懷(품을 회) 兄(맏 형) 弟(아우 제)
同(한가지 동) 氣(기운 기) 連(이어질 연) 枝(가지 지)

단어풀이

孔懷(공회) : 몹시 생각한다는 뜻으로 '형제간의 우애'를
　　　　　　 이르는 말.
連枝(연지) : 서로 잇닿아 있는 나뭇가지, '형제 자매'를
　　　　　　 이르는 말.

《시경》〈상체〉에 이르길 "사상(死喪)의 두려움이 있을 때에 형제간이 깊이 생각해 준다."하였으니, '사상'의 일은 오직 형제의 친함에 있어 사념이 갑절이나 간절함을 말한 것이다.

형제는 부모의 기운을 함께 받았으니, 이것을 나무에 비하면 부모는 나무의 뿌리이고, 형제는 나무의 가지가 서로 잇닿은 것과 같다. 형이나 아우된 자가 이것을 안 나년 어찌 서로 사랑하시 않는 사 있겠는가.

〈방씨사잠〉 중에 "형은 꼭 아우를 사랑하고, 아우는 꼭 형에게 공손해야지. 사소한 이해를 따지다가 골육의 정을 상해서야 될 일인가? 주공은 당체(棠棣)의 시를 썼고, 전씨는 자형화(紫荊畵)를 보고 느꼈었네. 형제는 같은 부모의 자식이거니, 부인의 말만 듣지를 마오!"

交友投分 切磨箴規
교우투분 절마잠규

벗을 사귀어 정분을 나누고 절차탁마하며 바른 말로
충고한다.

交(사귈 교) 友(벗 우) 投(던질 투) 分(나눌 분)
切(끊을 절, 모두 체) 磨(갈 마) 箴(경계 잠) 規(법 규)

切磨(절마) : 옥을 갈고 닦는다는 뜻에서 '학력을 닦음',
　　　　　 또 '서로 격려함'을 이름. 절차탁마(切磋琢
　　　　　 磨)의 준말.
箴規(잠규) : 경계, 경계하여 바로잡음.

 해설 및 고사

붕우는 의리로 합하였는데, 부자・군신・장유・부
부의 윤리가 붕우를 의뢰하여 밝혀진다. 그러므로 반드
시 붕우 간의 정분을 의탁하는 것이다. 절차탁마는 학
문을 강습하고 사욕을 이겨 다스리는 공부이며, 경계하
고 일깨워줌은 선을 책하여 서로 닦는 뜻이니, 이것이
없으면 붕우의 정분을 다했다고 말할 수 없는 것이다.

절차탁마란 《시경》〈기욱〉의 "여절여차(如切如磋), 여
탁여마(如琢如磨)" 시구에서 나온 것으로, 절(切)은 뼈나
뿔을 자르는 것이고 차(磋)는 이것을 더욱 곱게 가는 것
이며, 탁(琢)은 옥이나 보석을 쪼는 것이고, 마(磨)는 이
것을 더욱 곱게 다듬는 것인데, 학문이나 수행 역시 순
서에 따라 더욱 정진함을 비유한 것이다.

《논어》〈학이편〉에도 절차탁마에 대한 고사가 나온
다. 즉, 자공이 공자에게 물었다. "가난하면서도 아첨하
지 않고, 부유하면서도 교만하지 않다면 어떻습니까?"
공자가 대답했다. "훌륭하구나. 그러나 가난하면서도
도를 즐기고, 부유하면서도 예절을 좋아하는 사람만은
못하구나." 자공이 다시 물었다. "《시경》에 나와 있는

109

'끊는 듯이 하고 닦는 듯이 하고 쪼는 듯이 하고 가는 듯이 한다는 것'이 바로 그것을 말하는 것입니까?" 공자가 대답했다. "자로야, 이제야 비로소 너와 더불어 시를 논할 수 있겠구나. 지난 것을 일러주었더니 앞으로 올 것까지 아는구나."

仁慈隱惻 造次弗離
인자은측 조차불리

인자하고 측은하게 여기는 마음을 잠시라도 잊어서는
안 된다.

한자풀이 및 난이도

仁(어질 인) 慈(사랑할 자) 隱(숨을, 측은히 여길 은)
惻(슬플 측) 造(지을, 갑자기 조) 次(버금 차)
弗(아닐 불) 離(떠날 리)

단어풀이

隱惻(은측) : 측은하게 여기는 마음.
造次(조차) : 지극히 짧은 동안.

인(仁)은 유가의 핵심 사상이며 최고의 미덕으로 삼는다. 이 인을 한 마디로 설명하자면 남을 사랑한다는 것인데, 자애는 인의 용(用)이고 측은은 인의 단서가 된다. 이는 맹자가 "측은해 하는 마음은 인의 단서이고, 부끄러워할 줄 아는 마음은 의로움의 단서이다. 겸양하는 마음은 예의 단서이고, 옳고 그름을 기리는 마음은 지혜로움의 단서이다."라고 말한 데서 확인할 수 있다.

또 《논어》〈이인편〉에서 공자가 말하길 "군자는 밥한 그릇을 먹는 짧은 시간에도 인을 떠나지 않고 아무리 급하여 경황이 없을 때에도 반드시 마음에 인을 둔다."라고 하였다. 때문에 유가에서 자애롭고 측은해 하는 마음을 중시하는 것이다.

節義廉退 顚沛匪虧
절의염퇴 전패비휴

절의의 청렴과 물러남은 엎어지고 자빠질 때에도 이 지러짐이 있어서는 안 된다.

한자풀이 및 난이도

節(마디, 절개 절) 義(옳을 의) 廉(청렴 렴) 退(물러날 퇴)
顚(엎어질 전) 沛(자빠질 패) 匪(아닐 비) 虧(이지러질 휴)

단어풀이

節義(절의) : 절개와 의리, 굳은 지조.
廉退(염퇴) : 청렴과 물러남.
顚沛(전패) : 발이 걸려 넘어짐, 위급 존망의 경우.

해설 및 고사

절개를 힘쓰고 의(義)를 지키며 청렴을 힘쓰고 용퇴 (勇退)함은 사대부가 마음을 잡아두고 몸을 삼가는 것이다. 비록 환난과 넘어지고 자빠지는 급박한 상황에 처하더라도 '절의염퇴'의 몸가짐에 조금이라도 이지러짐이 있게 해서는 안 된다.

이 '절의염퇴'는 오상의 덕 가운데 인을 제외한 네 가지의 덕, 즉 신의지예(信義智禮)를 가리킨다. '절(節)'의 본뜻은 대나무의 마디로, 대나무는 쪼개 여러 조각으로 나눠 굽힐 수 있으나 그 마디는 억지로 굽히게 할 수 없다. 때문에 절개와 지조가 있다는 뜻으로 확대되었다. 이른바 군자는 대나무로, 대부는 소나무라고 비유하는데, 이는 절개를 지키면서 변하지 않기 때문이다. 절은 오상(五常) 중에 신덕(信德)을 대표한다.

옛날에 나라의 특사로 외국에 나갈 때 사신들이 들고 다니는 기(旗)를 '정절(旌節)'이라고 하는데, 정절은 국가의 주권과 존엄을 상징하는 것이다. 서한 시대 소무는 한무제의 명령으로 흉노의 사신으로 갔다가 억류되어 북해로 유배되었다. 그곳에서 19년 동안 양치기를 하다가 한소제 때에 이르러 귀국하였다. 당시 소무는 이미 백발이 성성한 노인이었는데도 손에는 정절을 높이 들고 장안으로 돌아왔다고 한다.

'의'는 맹자 학설의 핵심으로 그가 일생 동안 추구했던 목적이다. 공자가 "자기 몸을 희생하여 인을 이룬다."는 '살신성인(殺身成仁)'을 주장한 반면에, 맹자는 "목숨을 버리고 의를 취한다."는 '사생취의(舍生取義)'를 주장했다. 때문에 맹자는 "스스로 반성해서 의롭지 않으면 낡고 헐렁헐렁한 옷을 입은 사람 앞이라도 두려워 견딜 수가 없고, 스스로 반성하여 의롭다면 비록 천만 사람 앞이라 할지라도 나는 겁내지 않고 그 길을 갈 것이다."라고 했다. '염(廉)'은 삼가서 지킬 것을 지키면서도 구차하지 않기 때문에 지덕(智德)을 대표하며 '퇴(退)'의 뜻은 겸손한 태도로 사양하거나 물러난다는 것으로 예덕(禮德)을 의미한다.

性靜情逸 心動神疲
성정정일 심동신피

> 성품이 고요하면 감정도 편안하고 마음이 동하면 정
> 신도 피로해진다.

한자풀이 및 난이도

性(성품 성) 靜(고요할 정) 情(뜻 정) 逸(편안할 일)
心(마음 심) 動(움직일 동) 神(귀신 신) 疲(피곤할 피)

 해설 및 고사

　사람의 성(性)은 천부적으로 가진 본성이고, 정(情)은
희로애락의 정서가 나타나는 것으로 모두 마음 먹기에
따라 온전히 보전하고 그렇지 못할 경우가 있다. 이러
한 심성의 이치는 《중용》에서 잘 살펴볼 수 있다. 즉
"하늘이 부여하신 것이 성(性)이요, 성을 따르는 것은
도(道)이며, 도를 닦는 것이 가르침이다."라고 하면서

'희로애락'의 정서가 나타나지 아니한 상태가 성(性)이고, 나타나서 적합한 상태에 적중한 것을 화(和)라고 한다. 성이 안정되면 감정도 편안하다는 뜻은 바로 이 화의 상태이다.

또한 마음은 성(性)과 정(情)을 통합하고 있으니, 심(心)이 만일 사물에 따라 동하여 못 속에 빠지기도 하고 하늘 위로 날기도 한다면 그 성(性)을 온전히 보전하지 못하여 신기(神氣)를 피곤하게 한다.

守眞志滿 逐物意移
수진지만 축물의이

참을 지키면 의지가 충만해지고, 사물을 쫓으면 뜻이 옮겨진다.

한자풀이 및 난이도

守(지킬 수) 眞(참 진) 志(뜻 지) 滿(찰 만) 逐(쫓을 축)
物(만물 물) 意(뜻 의) 移(옮길 이)

단어풀이

守眞(수진) : 참됨을 지킴, 자연의 본성을 온전히 함.

해설 및 고사

진(眞)은 천성적으로 타고난 본성, 본질을 가리키는 것으로 이를 따르고 지키는 것을 도라고 할 수 있다. 이 도를 지키면 뜻이 깨끗하고 밝아져서 집착함이 없고 부족함이 없다. 그래서 뜻이 평평하고 가득 찬 경지인 '지만(志滿)'의 상태가 된다.

   마음이 도를 지키지 못하여 밖의 사물을 쫓게 되면 일정한 방향이 없어서 뜻이 자기 하고 싶은 데로 저절로 옮겨지게 된다. 뜻을 나타내는 의(意)와 지(志)는 약간의 차이가 있다. 즉 '의'는 마음이 향하는 바이고, '지'는 마음이 생각하는 바이다.

堅持雅操 好爵自縻
견지아조 호작자미

┃ 바른 지조를 굳게 잡으면 좋은 벼슬이 저절로 따른다.

해설 및 고사

바른 지조를 굳게 지켜 오직 나에게 있는 도리를 다할 뿐이다. 바른 지조란 즉 오상의 덕인 인의예지신과 오륜의 도인 부자, 형제, 부부, 군신, 붕우를 의미한다. 이 오상의 덕과 오륜의 도를 지키는 것은 바른 지조를 굳게 지킨다는 것이다. 이러한 도리를 다하면 작록(爵祿, 벼슬과 봉록)은 그 가운데에 있다는 것이다. 《주역》〈중부괘〉에 이르길 "내 좋은 벼슬을 두어 내 그대와 함께 소유한다." 하였으니 이른바 "천작(天爵)을 닦으면 인작(人爵)이 저절로 이른다."는 의미이다.

천작과 인작에 대해서 《맹자》〈공손추〉에 다음과 같이 소개되어 있다. "천작이라는 게 있고 인작이라는 게 있다. 인·의·충·신과 선을 즐기고 지치지 않는 것은 천작이다. 공(公)·경(卿)·대부(大夫)는 인작이다. 옛날 사람들은 자기의 천작을 닦으면 인작이 그것에 따라왔다. 요새 사람들은 자기의 천작을 닦음으로써 인작을 요구한다. 인작을 얻고 나서는 자기의 천작을 버린다면 그런 사람은 미혹됨이 심한 것이다. 결국에는 반드시 인작마저 잃어버리고야 말 것이다."

'작(爵)'은 고대 청동으로 만든 술잔인데 귀족의 등급에 따라 종류도 달랐다. 후에 작위·작호 등 관직의 총칭으로 사용하였고 '호작'은 높은 벼슬과 봉록, 좋은 운, 절호의 기회 등의 뜻이 있다.

'미(麻)'의 본뜻은 소를 얽어매는 고삐이며, 말을 얽

어매는 줄을 '기(覊)'라고 하는데, 이후 '미'의 뜻은 '연관되다.' '연결되다.'로 확대되어 '기미'는 견제하다, 속박하다, 농락하다는 뜻으로 쓴다. '자미'는 자기 스스로를 옭아맨다는 뜻으로, 이는 스스로 자기 학문과 덕을 닦아 많은 복과 좋은 기회를 찾는다는 뜻이다.

都邑華夏 東西二京
도읍화하 동서이경

| **화하**(華夏)**의 도읍은 동쪽과 서쪽에 두 수도가 있다.**

한자풀이 및 난이도

都(도읍 도) 邑(고을 읍) 華(빛날 화) 夏(여름 하)
東(동녘 동) 西(서녘 서) 二(두 이) 京(서울 경)

단어풀이

華夏(화하) : 중국 사람이 자기 나라를 높여 일컫는 말.
二京(이경) : 두 수도, 즉 낙양과 장안.

해설 및 고사

　화하(華夏)는 중국을 가리킨다. '화(華)'는 원래 꽃이 활짝 피었다는 뜻인데 중국 문화가 찬란하게 꽃을 피웠다는 의미이며, '하(夏)'가 여름이란 뜻도 있지만 중국의 토지가 광활하고 넓다는 의미로 쓰인 것이다. 그래서 화하란 중국을 대표하는 어휘로 자주 쓰인다.

천자의 궁이 있고 천자가 거주하는 곳을 도(都)라고 하고, 제후가 거주하는 곳을 읍(邑)이라고 한다. 경(京)은 갑골문에서 크고 높은 돈대를 나타내어 사람들이 많이 모여 사는 수도를 뜻한 것이다. 중국의 도읍은 시대에 따라 달랐으니, 동경(東京)인 낙양은 동주·동한·위·진(晉)·석조·후위가 수도로 삼았고, 서경(西京)인 장안은 서주·진(秦)·서한·후진·서위·후주·수·당이 수도로 삼았다.

背邙面洛 浮渭據涇
배망면락 부위거경

> 망산(邙山)을 뒤에 두고 낙수(洛水)를 앞에 두었고, 위
> 수(渭水)에 띄우고 경수(涇水)를 의지하고 있다.

한자풀이 및 난이도

背(등 배) 邙(산이름 망) 面(낯 면) 洛(강이름 라) 浮(뜰 부)
渭(강이름 위) 據(의거할 거) 涇(통할 경)

해설 및 고사

이 두 구는 동경과 서경의 지리 환경을 묘사한 것이
다. 동경인 낙양은 망산이 북쪽에 있고 낙수가 남쪽을
지나간다. 망산은 흔히 북망산으로도 잘 알려져 있는데,
해발 250미터에 반경 200㎢ 정도로 물길이 낮고 땅이
두터우며 기후가 온화하여 옛부터 이상적인 풍수명당
으로 알려졌다. 때문에 역대 황제들의 능과 명문귀족의

125

묘가 많이 있다. 한광무제 유수, 유비의 아들인 촉나라 후주 유선, 남진 후주 진숙보, 남당 후주 이욱 등의 제왕과 가의, 반초, 이밀, 설인귀, 적인걸, 두보, 석숭, 맹교, 안진경 등과 같은 명사들의 묘가 있다. 심지어 백제가 패망하여 중국으로 끌려왔던 의자왕 부자의 묘 또한 이 북망산에 있는 것으로 알려진다. 낙수는 섬서성 낙남현에서 발원하여 낙양 남쪽을 지나 황하로 들어간다.

서경인 장안의 좌측에는 위수가, 우측에는 경수가 흐른다. 위수는 감숙성에서 발원하고, 경수는 영하성에서 발원하여 장안에 만나 다시 황하로 흘러간다. 그런데 위수의 물은 맑고 경수의 물은 탁하여 '경위분명(涇渭分明)'이라는 고사성어가 생겼다.

宮殿盤鬱 樓觀飛驚
궁전반울 누관비경

궁전이 빽빽하고 누관(樓觀)은 마치 새가 나는 듯, 말이 놀라 솟구치는 듯한 형상이다.

해설 및 고사

천자가 거처하는 건물을 궁(宮)이라 하고, 국정을 처리하는 곳을 전(殿)이라고 한다. 본래 궁실이란 명칭은 민간이나 황실에서 모두 사용하였으나 점차 황실이나

신불(神佛)을 모시는 종교 건축물에서만 사용하게 되었
다. '반울(盤鬱)'은 모여 있다는 뜻이다.

누관(樓觀)은 고대 건축물 중에 가장 높고, 사방을 바
라볼 수 있는 다락집 형식으로 만든 건축물이다. 비경
(飛驚)은 건축물이 꿩이 나는 듯, 새가 놀라 모양을 바꾸
는 듯한 형상을 지녔다는 것이다. 고인들의 건축물 중
에 거주하는 집을 제외하고 가장 많은 것이 정(亭)·대
(臺)·각(閣)과 누관이라 할 수 있다. '정'은 정자로,
기둥과 지붕만 있고 벽이 없이 뚫려 있어 행인이나 나
들이 온 사람들이 쉬어가는 공간이다. '대'는 사방을
바라보기 위하여 흙이나 돌을 높이 쌓아 그 위를 평평
하게 만들고 건축물을 세워둔 것을 말한다. '각'은 일
종의 다락집으로 사방에 칸막이나 혹은 난간, 회랑 등
을 만들어 두고 먼 곳을 조망하거나 휴식, 장서(藏書),
신불의 공양 등의 기능을 한다. 석축이나 단상에 격식
이 있다.

'누(樓)'는 '각'과 비슷한 다락집 형태인데, 일반적으
로 각보다 더 높아 멀리 넓게 볼 수 있도록 만든 건축물
이다. '관(觀)'은 궁정 대문 밖의 양측에 높게 지은 이층

건축물로 원래 조정 게시문을 공표하는 장소이다. 두
관 사이에 뚫린 출입구가 있는데, 이를 궐(闕)이라고 한
다. 황궁 정문의 쪽문이라 할 수 있는데, 뒤에 와서 황
궁의 정문과 융합되었다. 때문에 지금의 자금성 오문
(午門) 앞에 작은 광장이 있고, 광장 양측은 궁벽과 문루
가 있는데, 이것이 예전에는 관루이었다. 지금은 다섯
개의 각루식(閣樓式)의 건축물로 만들어 오봉루라고 부
른다.

궁전

圖寫禽獸 畵彩仙靈
도사금수 화채선령

새와 짐승을 그림으로 그렸고, 신선과 신령을 그려 곱
게 채색하였다.

 해설 및 고사

궁전과 누관의 대들보와 기둥, 처마 위, 마루, 담장
등에 용과 범, 기린과 봉황 등 상서로운 동물의 형상을

조각하거나 그려 놓아 미관(美觀)으로 삼았다. 또 오색 찬란한 채색으로 신선과 신령을 그려놓아 눈부시게 아름답고 다채로워 눈이 모자랄 정도이다. 이와 같은 정경이 바로 화채선령이다.

소각사 기와조각

丙舍傍啓 甲帳對楹
병사방계 갑장대영

병사(丙舍)가 양 옆으로 열려져 있고, 갑장(甲帳)도 두 기둥 사이에 마주하고 있다.

한자풀이 및 난이도

丙(남녘 병) 舍(집 사) 傍(곁 방) 啓(열 계) 甲(갑옷 갑)
帳(휘장 장) 對(대답할 대) 楹(기둥 영)

단어풀이

丙舍(병사) : 전(殿)의 좌우에 있는 집.
甲帳(갑장) : 한나라 무제 때 진주로 꾸며 만든 장막. 갑
　　　　　　을의 순서에 따라 이름을 붙인 것이다.

해설 및 고사

　병사(丙舍)는 고대 왕궁 가운데 정실 양편의 있는 별
실로 후세에는 편전, 배전으로 불렸는데, 그 문호를 자

연스럽게 모두 동서 방향으로 열어두었다. 때문에 방계(傍啓)라고 하는 것이다. 이곳은 임금을 가까이 모시는 신하들이 거주했다.

'갑장대영(甲帳對楹)'은 호화스런 장막이 높은 기둥 사이에 나뉘어 마주하고 있다는 뜻으로, '갑장'은 한무제 때에 만들어진 장막이다. 《한무고사(漢武故事)》에는 "무제 때에 산호와 보석, 비취, 진주로 꾸민 장막을 만들고 갑을(甲乙)의 순서에 따라 이름을 붙였다."고 하였다.

'영'은 집 앞부분의 둥글고 굵은 기둥인데, 이곳에선 궁전 중에서 첫 번째로 배열된 기둥을 말한다. 영 앞에는 보통 나무로 새겨진 대련(對聯)이 있는데, 이를 영대(楹對)라고 한다. 예컨대 청나라 광서 황제가 고궁에 쓴 영대는 다음과 같다.

수신선근름유독(修身先謹懍幽獨)
수신은 먼저 한적하게 홀로 있을 때에 삼가야 하고,
독서재배양본원(讀書在培養本源)
독서는 본원을 배양하는 데 있다.

肆筵設席 鼓瑟吹笙
사연설석 고슬취생

> 자리를 펴고 방석을 진열해 놓으며 비파를 타고 생황
> 을 분다.

한자풀이 및 난이도

肆(베풀 사) 筵(자리 연) 設(베풀 설) 席(자리 석) 鼓(북 고)
瑟(비파 슬) 吹(불 취) 笙(생황 생)

단어풀이

설석(設席) : 자리를 마련함, 손님을 대접할 잔치 자리를
　　　　　마련함.

해설 및 고사

　이 두 구는 모두 《시경》에서 나온 것으로 궁전 안에서
거행되는 행사를 묘사한 것이다. 사(肆)와 설(設)의 뜻
은 모두 배열하고 베푼다는 것이다. 《시경》의 〈행위〉라

는 시에 "자리 펴고 좌석을 베풀고, 공손하게 안석을 마련하여 드린다."는 시구에서 유래된 것이다.

연(筵)과 석(席)은 모두 고대에 앉는 도구였다. 중국은 상고 시대에 의자가 없었는데, 의자가 서역에서 전해지자 그 명칭을 호등(胡凳)이라고 불렀다. 중국의 전통 의자는 등자(凳子)라고 불렸는데, 등받침이 없었나. 당나라 이전에는 모두 땅에 대자리를 펴고 방석을 두고 앉았는데, 이를 연석(筵席)이라고 하였다.

'고슬취생'은 연회 중에 주흥을 북돋아주기 위한 음악과 가무를 뜻한다. 《시경》의 〈녹명〉에 "메에, 메에, 사슴이 울며 들의 다북쑥을 먹는다. 나에게 좋은 손님이 있어 슬(瑟)을 연주하고 생황(笙簧)을 분다."는 시구에서 나온 것이고, 고(鼓)는 현악기를 연주한다는 뜻이다. 오늘날의 금(琴)은 25현(弦)으로 이루어져 있으나 고대의 금은 7현이었고, 25현으로 이루어진 것을 슬이라고 했다. 생황은 관악기를 대표하고 슬은 현악기를 대표하여 고슬취생은 관현악기의 합주라고 할 수 있다.

陞階納陛 弁轉疑星
승계납폐 변전의성

계단으로 오르고 섬 뜰로 들어가니 고깔 관의 구슬 움직임이 별인가 의심된다.

단어풀이

納陛(납폐) : 대궐의 축대를 파서 남의 눈에 띄게 않게 오르내릴 수 있도록 만든 계단.

해설 및 고사

섬돌(계단)은 당(堂) 밖에 있으니 여러 신하들이 오는 곳이요, 폐(陛)는 당 안에 있으니 존자(尊者)가 오르는 계단이다. '납폐(納陛)'라고 말한 것은 궁전의 터를 파서 폐를 만들어 용마루 아래로 들어가 겉으로 드러나지 않고 오르게 함을 이른다.

변(弁)은 관모(官帽)로 작변(爵弁)과 피변(皮弁)으로 나뉜다. 피변은 녹피로 만든 흑색의 예관으로 조정에 출사할 때 썼다. 작변은 그 모양이 면류관과 비슷한데, 인끈이 없고 그 빛깔이 붉은 색이며 작위에 따라 삼량(三梁), 오량(五梁), 칠량(七梁)의 구별이 있다. 또 양(梁)에는 모두 구슬이 달려 있다. 군신들이 오르내리는 사이에 관이 구슬이 별처럼 빛나는 것을 볼 수 있으니, 《시경》〈기욱〉에 "저 기수(淇水)의 물굽이 바라보니, 푸른 대나무가 우거졌구나! 아름다운 저 어른의 귀걸이가 무척이나 화려하다네. 관을 꿰맨 구슬 장식도 별처럼 빛나는구나."가 바로 이것이다.

右通廣內 左達承明
우통광내 좌달승명

| 오른쪽으로 광내와 통하고 왼쪽으로는 승명에 통한다.

한자풀이 및 난이도

右(오를 우) 通(통할 통) 廣(넓을 광) 內(안 내) 左(왼 좌)
達(통달할 달) 承(이을 승) 明(밝을 명)

단어풀이

廣內(광내) : 한나라 때에 서적을 보관했던 전각.
承明(승명) : 한나라 때에 서적과 사서(史書)를 교열했던
전각.

해설 및 고사

한나라 때 장안성에는 저명한 세 개의 궁궐이 있었는
데, 바로 장락궁, 미앙궁, 건장궁이다. 조식과 조자건의
시문 중에 한 편은 전문적으로 건장궁의 호화스런 정경

을 묘사한 것이 있다. 건장궁은 한고조 7년인 서기 200년에 소하가 주도하여 건설했고 유방이 미앙궁과 더불어 이 궁에서 오랫동안 거처했다. 건장궁의 규모가 더욱 방대하여 전우와 누각이 숲을 이룰 정도여서 '천문만호(千門萬戶)'라고 일컬어졌다. 궁전은 미앙궁에 비해서 더욱 크고 높았으며 동서로 관궐(觀闕)이 있었는데 그 높이가 20여 장(丈)이나 되었다.

《삼보황도(三輔黃圖)》는 한나라 때 만들어진 저서로 그 가운데 "건장궁 가운데 서쪽에 광내전이 있다. 미앙궁에 승명전이 있다."고 묘사되어 있다. 건장궁의 오른쪽으로는 광내전과 통하고 미앙궁의 왼쪽으로는 승명전에 통한다. 고대에는 동쪽을 우(右), 서쪽을 좌(左), 위쪽을 남(南), 아래쪽을 북(北)으로 삼았는데, 이는 서양 지도와 상반된다. 광내전은 황실의 도서와 전적을 수장하는 곳이고, 승명전은 황제가 문무 대신을 만나는 전각이다.

旣集墳典 亦聚群英
기집분전 역취군영

> 이미 삼분과 오전을 모으고, 또한 뭇 영재를 모았다.

한자풀이 및 난이도

旣(이미 기) 集(모을 집) 墳(무덤 분) 典(법 전) 亦(또 역)
聚(모을 취) 群(무리 군) 英(꽃부리 영)

단어풀이

墳典(분전) : 삼분오전(三墳五典)의 준말로 삼황오제(三皇
五帝)의 책, 성현이 쓴 책.

해설 및 고사

　'기집분전'은 광내전의 정경으로, 전내에 고금의 도서
와 전적이 많이 수장된 것을 형용하는 것이고, '역취군
영'은 승명전의 정경으로, 이 전은 황제가 문무백관을
접견하는 장소이기 때문에 뭇 영재가 모였다는 것이다.

분(墳)은 삼분(三墳)을, 전(典)은 오전(五典)을 가리킨다. 삼분은 삼황, 즉 복희씨, 신농씨, 황제의 책이다. 오전은 오제, 즉 소호, 전욱, 제곡, 요, 순의 사적을 기재한 것이다. 삼분오전은 중국 최고의 서적이지만 일찍이 소실되었다. 분의 본뜻은 크고 높은 토산 혹은 작은 구릉이었지 죽은 사람의 분묘가 아니었다. 후에 사람들이 자신의 선조 분묘를 찾지 못할까 두려워 흙더미로 토산을 쌓고 분이라 불렀는데, 이는 분의 원뜻과는 거리가 있다.

청나라 건륭 연간에 원매라는 수재가 있었는데 시를 잘 지었다. 원매는 진사 시험에 합격하고 두 차례에 걸쳐 지현이란 벼슬자리에 나갔다. 그는 《홍루몽》 속에 묘사된 대 정원을 보고 자신도 남경에 수원(隋園)이란 대 정원을 마련했다. 그리고 정원 건물 입구에 한 폭의 대련을 지어 써두었는데, 그 내용은 다음과 같다.

차지유숭산준령무림수죽(此地有崇山峻嶺茂林修竹)
사인독삼분오전팔색구구(斯人讀三墳五典八索九丘)

이 대련의 뜻은 "이 정원은 마치 숭산의 높은 고개와 무성한 숲을 옮겨놓은 것 같고 길게 자란 대나무가 있으며, 그 속에서 이 사람은 삼분오전과 팔색구구를 읽고 있다네."

팔색은 바로 팔괘(八卦), 구구(九丘)는 구주(九洲)에 관한 책이다. 당시 조익이란 수재가 있었는데, 저명한 시인이자 사학자였다. 그가 이 대련에 대한 이야기를 듣고 몹시 언짢아했다. 그 까닭은 삼분오전은 이미 소실되어 공자도 읽어보지 못한 글이었기 때문이다. 그리하여 삼분오전의 소장 여부를 확인하러 직접 원매의 집을 방문했다. 마침 원매가 부재 중이고 집사만 있어서 그에게 찾아온 사연을 이야기하고 삼분오전을 빌리고 싶다는 의사를 남기고 떠났다. 나중에 원매가 돌아와서 그 소식을 듣고 또다시 조익이 찾아올 것이 두려워 문앞에 쓴 대련을 뜯어내게 했다. 그 이유는 자신에게도 '삼분오전'이 없었기 때문이었다.

杜稿鍾隷 漆書壁經
두고종례 칠서벽경

두조(杜操)의 초서(草書)와 종요(鍾繇)의 예서(隷書)이
고, 옻칠로 쓴 벽 속의 경서이다.

한자풀이 및 난이도

杜(마을, 성씨 두) 稿(볏짚 고) 鍾(쇠북 종) 隷(글씨 례)
漆(옻칠할 칠) 書(글씨 서) 壁(벽 벽) 經(날 경)

단어풀이

杜稿(두고) : 동한 시대에 두조(杜操)가 만든 초서(草書)를
　　　　　　 뜻함.
鍾隷(종예) : 위나라의 종요(鍾繇)가 만든 소예(小隷)을
　　　　　　 뜻함.
漆書(칠서) : 대쪽에 칠로 글자를 씀.
壁經(벽경) : 벽 속의 경서.

광내전에는 삼분오전 이외에도 각종 골동품과 진품 글씨, 그림 등이 있었다. 예컨대 두조의 초서와 종요의 예서, 옻칠로 쓴 벽 속의 경서들이 바로 그것이다. 두조는 한나라 때 사람으로 초서체를 창안한 사람이고, 종요는 삼국 시대 위나라 사람으로 예서체의 대가였다. 또 '두고'란 두조가 친필로 쓴 초서의 원고라는 뜻이고 '종예'란 종요가 쓴 진품 예서란 뜻이다.

이 밖에도 '칠서벽경'이 있었다고 한다. '칠서'란 중국에서 가장 오래된 글 중의 하나로 묵을 발명하기 '전에 옻칠로 대쪽 위에 쓴 글인데, 오늘날에는 이를 '과두문(蝌蚪文)'이라고 일컫는다.

'벽경'이란 전한 때에 노나라의 공왕이 공자의 사당을 수리하다가 옛 벽을 헐어 《상서》·《효경》·《논어》 등을 발견했는데, 글자체가 전자(篆字)로 대쪽에 옻칠로 쓰여 있었다. 이는 진시황 때에 분서갱유(焚書坑儒)의 환란을 피하기 위해 몰래 숨겨둔 것이었다. 그래서 벽경이라 불렀다.

府羅將相 路夾槐卿
부라장상 노협괴경

부(府)에는 장수와 정승이 늘어서 있고, 길 양옆에는
괴(槐)와 경(卿)이 자리하고 있다.

해설 및 고사

승명전은 문무백관과 공경장상(公卿將相)이 조회를
하는 곳으로 이 주변에는 부(府)가 있고, 부 밖의 길 양
편에는 삼공구경(三公九卿)이 늘어서 있다. 즉 길 왼쪽

145

에는 세 그루의 홰나무를 심었으니 삼공의 자리이고, 길 오른쪽에는 아홉 그루의 가시나무를 심었으니 구경의 자리이다.

'괴경'은 삼괴구경(三槐九卿)의 약칭이다. 옛 사람은 홰나무를 가장 숭배했는데 그 까닭은 홰나무가 수천 년 동안 생존하고 가뭄과 홍수, 더위와 추위에 강하기 때문이었다. 또 홰나무의 꽃과 껍질은 식용이 가능하여 기근이 든 해에 사람들을 구해 주었다. 그래서 홰나무는 중국의 국수(國樹)로 삼아 국괴(國槐)라고 일컫는다. '삼괴'는 바로 삼공이고, 조정에서 가장 존귀한 직위를 지닌 자들이다.

시대마다 삼공의 명칭은 달랐는데, 진한 시대 이전에는 태사, 태부, 태보를 삼공이라 불렀다. 삼공은 모두 덕이 높은 원로들로 비록 구체적인 직무가 없어도 그들의 한 마디 충고가 국가 정책을 좌지우지할 수가 있다. 오늘날에 고문에 해당한다. 서한 때의 삼공은 대사도, 대사마, 대사공이다. 이 시기의 삼공은 모두 재상으로 실권을 지니고 있었다. 대사마는 전국의 병마를 관장했는데, 오늘날의 국방장관에 해당한다. 대사도는 금전과 인사를 관장했는데, 승상에 해당한다. 대사공은 국가의 기본 건설을 관장했다.

'구경'은 진한 시대에 중앙 정부의 행정장관이라 할 수 있다. 봉상, 낭중령, 위위, 태부, 정위, 전객, 종정, 치속내사, 소부가 구경이다. 구경 중에 삼경만 국가의 행정을 주관하고, 나머지 육경은 황제의 개인 사무를 수관한다. 구경 중에 '정위'는 '대리'라고도 불리는데, 전국의 최고 법관이라 할 수 있다. '전객'은 '대홍농'이라고도 불리는데, 소수 민족과 외교 사무를 처리했다 '치속내사'는 '대사농'으로도 불리는데, 전국의 조세와 부역을 주관했다. '소부'는 궁정의 총 관리를 하였는데, 부속기관으로 '상서'를 두었다. 그러나 사무가 갈수록 많아지게 되자 상서는 '상서성'이 되었다. 수나라 때부터 상서성의 부속기관으로 육부를 설치했는데, 청나라 때까지 변하지 않고 쓰게 되었다. 육부는 병부, 형부, 공부, 이부, 호부, 예부이며, 육부의 장관을 '상서'라고 하였고 부장관을 '시랑'이라 하였다.

戶封八縣 家給千兵
호봉팔현 가급천병

호(戶)로 팔현(八縣)을 봉해 주었고 집에는 천 명의 병
사를 주었다.

해설 및 고사

한나라는 천하를 평정하고 공신을 크게 봉(封)하였는
데, 공이 큰 자에게는 여덟 현의 민호(民戶)에서 바치는
세금을 받아 제후국이 되었다. 제후국에는 1천 명의 병
력을 두어 그 집을 호위하도록 허락하였다. 역사상 큰
공을 세우고 가장 많은 토지를 받았던 사람 중의 하나
는 양호이다. 양호는 서진의 저명한 군사전략가로 그는

진무제 사마염의 태부였고, 정남대장군으로 오나라와의 전쟁에서 서진에게 승리를 안겨준 핵심인물이다. 양호는 일생 동안 청렴하고 인자하여 받은 봉록을 모두 가난한 친척이나 병사를 독려하는 데에 사용했다. 그가 죽은 후 무제 사마염은 친히 상복을 입고 통곡하면서 눈물을 그치지 못했다고 한다. 이런 큰공을 세운 양호가 받은 봉지는 오현에 불과하다. 따라서 '호봉팔현'은 봉지가 대단히 많다는 것을 형용하고 있다.

봉은 토지를 떼어준나는 것으로, 즉 제왕이 작위의 더불어 토지를 왕실의 성원이나 공신에게 내려주는 것을 말한다. 봉 자는 육서(六書) 중에 회의(會意)에 속하며 토(土) 자와 촌(寸) 자를 따르는데, 토지 위에 나무를 심고 영역을 명확하게 한다는 것이다. 주나라는 국가를 건립한 후 제후들에게 토지를 분봉해 주었는데, 그 수가 8백여 국이나 되었다. 진(秦)나라 때에 일시적으로 토지를 본봉하는 제도가 폐지되기도 했으나 한나라 때에 다시 시행되었다. 제후들은 자기가 받은 세금 중에서 천제에게 조공하는 것을 제외하고 모두 자기가 전용할 수 있었다. 앞서 말한 양호의 식읍(食邑)은 육천 호였다.

진(晋)나라의 위관은 촉을 평정한 공으로 정북대장군으로 봉해지고 상서령이 되었는데, 조정에서 천 명의 병사를 파견하여 보호했다고 한다. 위관의 딸 위삭은 저명한 서예가로 흔히 위부인으로 알려져 있는데, 그녀가 바로 명필가 왕희지의 스승이다.

高冠陪輦 驅轂振纓
고관배련 구곡진영

높은 관을 쓴 이들이 임금의 수레를 모시고 수레가 달
릴 때 끈이 진동한다.

한자풀이 및 난이도

高(높을 고) 冠(갓 관) 陪(더할, 모실 배) 輦(손수레 련)
驅(몰 구) 轂(바퀴 곡) 振(떨친 진) 纓(끈 영)

해설 및 고사

제후나 왕이 출동하면 높은 관을 쓰고 큰 띠를 맨 인
사가 좌우에서 임금이 타는 수레를 모셨다. 제후왕의
수행원이 수레를 몰아 달려가면 수레와 말의 끈과 술이
진동한다는 것이다.

연(輦)은 고대 궁중에서 임금이나 왕후가 타는 일종
의 가볍고 편리한 수레로, 두 사람이 앞에서 끄는 인력

거였다. 임금이 타는 수레를 용련(龍輦), 왕후가 타는 수레를 봉련(鳳輦)이라고 한다.

　고대의 수레바퀴는 나무로 제작된 것으로 수레의 바깥쪽을 망(輞)이라고 하는데, 이는 바퀴 테를 말한다. 그리고 그 중심축을 곡(轂)이라고 부르는데, 이는 바퀴 통을 말한다. 망과 곡은 바퀴 살로 연결되어 있는데, 이를 폭(輻)이라 한다. 노자가 말하길 "삼십폭이 모두 일곡"이라고 했다. 따라서 곡은 수레바퀴를 대표하고, 구곡은 바로 수레를 몬다는 뜻이다. 옛 사람들은 수레를 탈 때 왼쪽을 선호하여 존자는 왼쪽에 앉았고 마부는 가운데 앉았으며 호위하는 사람은 오른쪽에 앉았다. 단지 전차는 달랐는데, 마부가 가운데, 궁수는 왼쪽에, 창을 지닌 무사는 오른쪽에 탔다.

　진(振)은 떨치다, 흔들다는 뜻이다. 영(纓)은 두 가지의 뜻을 지니고 있다. 그 하나는 턱 아래에 거는 갓끈이다. 예컨대 《사기》〈골계열전〉에 "순우곤이 하늘을 보고 얼마나 웃었던지, 그 바람에 갓끈이 죄다 끊어져 나갔다."가 그것이다. 사람이 서서 수레를 타는 것을 입승(立乘)이라고 하는데, 이때에 수레와 말이 일체가 되어

달리기 때문에 모자의 끈이 바람에 휘날리는 것을 '진영(振纓)'이라고 한다. 또 다른 것은 말고삐 끈도 '영'이라고 부른다. 때문에 고인들이 '전투를 청하다.'를 '청전'이라 하는데, 또 '청영'이라고도 부른다. 이 때문에 말고삐의 끈이 흔들리는 것을 '진영'이라고도 한다.

보연도(步輦圖)

世祿侈富 車駕肥輕
세록치부 거가비경

대대로 녹(祿)을 받아 사치하고 부유하니 수레와 말이 살찌고 가볍다.

한자풀이 및 난이도

世(세상 세) 祿(녹 록) 侈(사치할 치) 富(부자 부)
車(수레 거) 駕(멍에 가) 肥(살찔 비) 輕(가벼울 경)

단어풀이

世祿(세록) : 대대로 나라에서 녹을 받음. 또 그 녹봉.
車駕(거가) : 임금이나 귀족이 타는 수레.

해설 및 고사

고대 귀족의 작위는 세습되는 것이다. 단지 후대 자손들이 큰 범법 행위를 하지 않을 경우에는 작위를 임의로 삭탈하고자 대체할 수가 없다. 녹(祿)은 작위의 등급에 따라 조정에서 배급하고 보충해 준다.

옛날의 봉(俸)과 녹은 하나의 개념이 아니다. 봉은 오늘날의 월급에 해당되는 것이고 녹은 현대의 복리 제도와 비슷한 개념이다. 단지 작위와 명분만 있으면 힘들이지 않아도 녹급을 받을 수 있다. 예컨대 청나라 초기에 만주족은 만주족이라는 이유 하나로 누구나 쌀과 돈을 지급받았다. 때문에 후대의 만주족은 마치 새장에서 모이를 받아먹는 새처럼 되어서 아무 일도 할 수 없었다. 에정도 지니치면 도리어 해가 된다는 말이 조금도 틀린 것 같지 않다. 치(侈)는 사치, 호화스러운 것을 가리킨다.

조선조 영조의 세자였던 장헌태자는 《천자문》을 읽다가 '사치할 치' 자에 이르러서는, 입고 있던 반소매 옷과 자줏빛 비단으로 만든 구슬 꾸미개를 장식한 모자를 가리키면서 '이것이 사치한 것이다.' 하고는 즉시 벗어버렸다. 영조가 일찍이 비단과 무명 중에 어느 것이 더 나은가 물으니 무명이 더 낫다고 대답하였으며, 또 어느 것을 입겠느냐고 물으니, 무명옷을 입겠다고 대답하였다. 영조는 이에 기뻐하시고는 여러 신하들을 대하여 이와 같음을 말하였다. 자란 후에는 항상 무명옷을 입었으니, 검소한 덕행은 타고난 품성에서 비롯된 것이었다."라는 고사가 전한다. 부(富)는 재물이 많음을 이른다. 이런 사람들은 대대로 국가의 공양을 받으면서 생활은 부유롭고 사치스러워도 아무런 근심과 걱정이 없다.

전국 시대 이전에는 수레와 말은 함께 사용했다. 말이 없는 수레가 없었고, 수레가 없는 말이 없을 정도였다. 때문에 옛날에 수레를 탄다는 것은 바로 말을 몬다는 것과 같았다. 가(駕)는 수레는 모는 말이라 뜻이다. 두 마리의 말이 수레를 끄는 것을 변(駢), 세 마리의 말이 수레를 끄는 것을 참(驂), 네 마리의 말이 수레를 끄는 것을 사(駟)라고 하는 가장 속도가 빠른 수레였다. 때문에 "군자가 한 번 내뱉은 말은 사마(駟馬)와 같이 빨라서 쫓아가기 힘들다."라는 뜻인 "군자일언(君子一言), 사마난필(駟馬難追)"이란 말이 나왔다.

비경(肥輕)은 비마경구(肥馬輕裘)의 약칭이다.《논어》 〈옹야편〉에 공자가 말하길 "적(赤)이 제나라로 갈 때 살찐 말을 타고 가벼운 털옷을 입고 갔다.[赤之适齊也, 乘肥

馬, 衣輕裘]"이는 공자의 학생인 공서화가 노나라를 대표하여 제나라의 사신으로 갈 때의 정경이다. 여기에서 비마경구는 하나의 성어가 되어서 '부귀하고 호화스런 생활'을 형용하고 있다.

策功茂實 勒碑刻銘
책공무실 늑비각명

| 공로를 따져 실적에 힘쓰게 하고, 비를 만들어 명문을
| 새긴다.

한자풀이 및 난이도

策(꾀 책) 功(공 공) 茂(무성할 무) 實(열매 실)
勒(굴레, 새길 륵) 碑(비석 비) 刻(새길 각) 銘(새길 명)

단어풀이

茂實(무실) : 공로를 표창하여 상을 많이 줌.
勒碑(늑비) : 비석에 글자를 새김.

해설 및 고사

　　공적을 기록함을 책공(策功)이라 한다. 무실(茂實)은
공로를 표창하여 상으로 벼슬이나 작위를 많이 주는 것
이니, 《서경》의 〈중훼지고〉에 "공이 많은 사람에게는

상을 많이 준다."는 뜻이다. 또 죽은 후에는 그 공적을 돌에 새겨 비석을 만들고 명문을 새겨 그들의 사적을 대대로 후세에 전한다.

늑비(勒碑)는 비석에 글자를 새기는 것이고, 각명(刻銘)은 금속에 글자를 새기는 것이다. 중국 비의 역사는 서한 때부터 시작되었는데, 그 이전에는 비가 없었다. 중국 고궁박물관에는 전국 시대 북 모양의 돌인 석고(石鼓)에 문자를 새긴 것이 있는데, 이를 석고문이라 한다. 각명은 청동기 위에 글자를 새긴 것으로 현존하는 것으로 반명문, 종명문 등이 있는데, 모두 청동기 위에 전자(篆字)을 새긴 것이다. 고궁 양심전에 있는 대야에는 "날마다 새롭게 향상하여 진보를 이룬다."는 뜻인 "구일신(苟日新), 일일신(日日新), 우일신(又日新)"이란 글자가 새겨져 있는데, 이는 은나라의 탕왕이 날마다 세수를 하면서 보던 반명(盤銘)이다.

磻溪伊尹 佐時阿衡
반계이윤 좌시아형

반계(磻溪)와 이윤(伊尹)은 때를 도와서 공을 세워 재상이 되었다.

한자풀이 및 난이도

磻(강이름 반) 溪(시내 계) 伊(저 이) 尹(다스릴 윤)
佐(도울 좌) 時(때 시) 阿(언덕 아) 衡(저울대 형)

단어풀이

磻溪(반계) : 강태공(姜太公) 여상(呂尙)이 은거했던 곳.
伊尹(이윤) : 은나라 때의 어진 재상.
阿衡(아형) : 이윤의 호.

해설 및 고사

주나라의 문왕은 여상(강태공)을 반계에서 초빙하고 은나라 탕왕은 이윤을 신야에서 초빙하였다. 여상이 반

강태공

계에서 낚시를 하다가 옥황(玉璜, 패옥)을 얻었는데, 여기에 "문왕이 천명을 받았는데, 여씨가 이때에 세상을 돕는다."는 글이 씌여져 있었다. 아형은 은나라 재상의 칭호이다. 반계는 위수 가의 한 시냇물인데, 지금의 섬서성 부근이다. 이곳의 물가에 큰 반석이 있는데, 여기에서 여상이 항상 낚시질을 했다고 한다.

　여상의 본명 강상(姜尙)이고, 자는 자아이며, 동이족 출신이었다. 그의 선조가 일찍이 우왕의 치수를 도와

공을 세워 여(呂)의 땅을 분봉받았기 때문에 그 땅의 이름을 가지고 성으로 삼았다. 여상은 재능이 있고 포부가 컸지만 은나라의 폭군 주왕의 통치하에 그 뜻을 펼수가 없었다. 뒤에 서백후인 문왕 희창이 현자를 간절하게 찾는다는 말을 듣고 섬서성 기산 아래의 위수 가에 왔는데, 이때에 그의 나이가 87세가 되었다. 그는 반석 위에서 낚싯줄을 드리웠는데, 진짜로 고기를 잡으려고 하지 않았기 때문에 낚시 바늘이 물 위에 있었다.

주나라의 문왕은 《역경》에 정통하여, 일찍이 《주역》을 저술했다. 하루는 문왕이 밖으로 사냥가려 했는데, 먼저 점괘로 사냥의 길흉을 보았다. 그 결과 이번 사냥은 야수를 잡는 것이 아니라 자신을 도와 천하를 구할 신하를 얻는다는 점괘가 나왔다. 과연 그는 위수 가에서 여상을 만나 크게 기뻐하면서 "나의 선조가 일찍이 예언하길 '장차 성인을 만나 주나라를 크게 진흥시킬 것이다.' 고 하였습니다. 나의 선조 태공께서 당신을 만나보길 간절하게 희망했습니다." 그래서 여상을 태공망으로 삼고 국사(國師)로 모셨다. 그 후 여상은 문왕과 그의 아들인 무왕을 도와 주나라를 진흥시키고 마침내 주나라가 천하를 제패하는데 일등 공신이 되었다.

이윤은 은나라의 탕왕을 도와 하나라의 폭군인 걸왕을 멸망시켰다. 그는 고아 출신으로 출생 직후 이수 가에 버려졌기 때문에 그의 성을 이(伊) 씨로 삼았다고 한다. 유신씨의 식구가 이수 가에서 이윤을 발견하고 집으로 데리고 와서 주방장에게 키우게 했다. 그래서 이윤은 어렸을 때부터 요리를 배웠고, 이후 유신씨의 딸이 탕왕에게 시집갈 때 따라가 탕왕의 요리사가 되었다. 탕왕은 유신씨의 딸을 이내로 삼고 나서 요리맛이 이전과 달라진 것을 느끼고 이윤을 불러 요리 이야기를 하다가 천하 대사까지 담론하게 되었다. 탕왕은 이윤이 요리뿐만 아니라 천하 대사에도 해박한 지식을 지니고 있음을 간파하고 크게 기뻐하면서 재상으로 삼았다. 은나라 재상의 명칭은 아형(阿衡)이었다. 예컨대 《시경》〈상송편〉 장발(長髮)이란 시에 "료유아형(寮維阿衡), 좌우상왕(左右商王)"이란 시구가 있는데, 이는 이윤이 적당한 시기에 탕왕을 보좌하여 은나라를 세우게 되었다는 뜻이다. 이 때문에 '좌시아형(佐時阿衡)'이란 말이 나온 것이다.

奄宅曲阜 微旦孰營
엄택곡부 미단숙영

곡부(曲阜) 땅에 거처를 마련하니 주공 단(旦)이 아니면 누가 경영하겠는가!

한자풀이 및 난이도

奄(문득 엄) 宅(집 택, 댁) 曲(굽을 곡) 阜(언덕 부)
微(작을 미) 旦(아침 단) 孰(누구 숙) 營(경영 영)

단어풀이

曲阜(곡부) : 중국 산동성의 고을 이름, 공자의 탄생지로
　　　　　공자의 묘와 사당이 있다.
旦(단) : 주공(周公)의 이름.

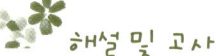

해설 및 고사

곡부는 노나라 땅이다. 주공이 큰 공로를 세웠으므로 노나라의 땅에 봉해져 도읍을 곡부로 정하였다. 단(旦)

은 주공의 이름이니, "주공의 공로가 아니면 그 누가 이처럼 큰 기업(基業)을 경영하겠는가?"라고 말한 것이다.

주공은 서주의 저명한 정치가로 중국 전통문화의 기초를 다지고 집대성한 자이다. 주공의 성은 희(姬), 이름은 단이다. 주문왕의 넷째 아들이고, 무왕의 친동생이다. 그의 채읍(采邑, 분봉받은 땅)이 지금의 섬서 기산 북쪽 지역인 주(周)였기 때문에 주공이라 일컬어졌다. 그는 주나라의 건립과 정권을 공고히 하는데 혁혁한 공을 세웠다.

주나라는 건립 직후에 무왕이 병사했고, 그 자리는 성왕이 계승했다. 당시 성왕이 어린 나이라 근본적으로 국정을 이해하고 다스리지 못할 상황이라서 주공이 성왕을 대신하여 섭정하여 국가 대사를 처리했다.

주공이 섭정을 하자마자 그의 세 동생 관, 채, 곽과 몰락한 은의 후계자 무경이 이끄는 대규모 반란이 일어났다. 그는 반란을 진압했으며 또한 몇 차례의 정벌에 나서 황하 유역의 화북(華北) 평원 대부분을 주의 영토로 편입시켰다. 그리고 지금의 하남성 낙양 근처에 제국의 동쪽 지역을 관할하기 위한 동도(東都)를 세웠다.

그 공으로 주공은 곡부 일대를 분봉받고 그곳에 집을 지었으며 다스린 것이다.

이와 같은 사실은 조선조의 문인인 이익의 《성호사설》〈엄택〉에서도 살펴볼 수 있다. 즉, 주흥사 《천자문》에 "문득 이 곡부에 택하게 되니, 주공이 아니고서야 누가 경영했겠나."하였는데, 이것을 심상하게 주공이 곡부에 거처했다는 뜻으로만 보았다. 그래서 마치 완적(阮籍)의 편지에, "광택이 곡부에 덮이더니만, 드디어 귀몽(龜蒙)을 차지했도다!"와 같이 여겼었는데, 우연히 《통고》를 뒤져보니 곡부는 옛날의 엄국(奄國)이었다. 이제야 비로소 주공이 엄국을 토벌한 사실을 알게 되었다.

《상서》에, "관숙·채숙이 녹보[祿父, 무경]를 감시하자 엄국 임금 박고가 녹보더러 말하기를, '무왕은 이미 죽고 성왕은 아직 어리며 주공은 의심받고 있으니, 이야말로 백세(百世)의 시기이다.' 하여, 녹보는 마침내 삼감(三監)과 더불어 배반했다."하였고, 《시경》 제풍의 소에는 "박고씨가 네 나라와 함께 장난하므로 성왕이 쳐서 멸하고 그 땅으로써 사상보[師尙父]를 봉했다."하였다.

주공은 동정(東征)에서 돌아온 후에 예악을 정비하고

문화사업을 일으키고 정치와 사회제도 등을 공고히 했다. 또 하나의 현자를 잃지 않기 위해서 한 번 머리를 씻을 동안 여러 번 머리카락을 잡은 채 방문한 인사를 면접하고 식사 중에 음식을 뱉어내고 찾아온 손님을 접대했는데 여기에서 바로 '악발토포(握髮吐哺)'라는 성어가 유래되었다. 이렇게 7년 동안 섭정한 후 스스로 자신의 지위에서 물러나고 성왕이 친정을 할 즈음에는 주나라의 정치·사회 제도가 확고히 수립되었다. 때문에 공자는 그를 후세의 중국 황제들과 대신들이 모범으로 삼아야 할 인물로 격찬했다. 공자는 이미 오래 전에 죽은 주공을 대단히 숭배하여 한때는 "오랫동안 주공을 꿈에서 보지 못한 것을 보니 정말로 내가 허약해지고 늙은 것 같다."라고 했다.

桓公匡合 濟弱扶傾
환공광합 제약부경

> 환공은 바로잡고 규합하여 약한 자를 구제하고 기우
> 는 나라를 붙들어주었다.

한자풀이 및 난이도

桓(굳셀 환) 公(공변될 공) 匡(바를 광) 合(모을 합)
濟(건널 제) 弱(약할 약) 扶(도울 부) 傾(기울 경)

단어풀이

桓公(환공) : 제나라 군주인 소백(小白).
扶傾(부경) : 기운 것을 도와 바로세움.

해설 및 고사

환공은 제나라 군주인 소백이다. 그는 관중을 등용하
여 경제를 발전시키고 부국강병을 이루었다. 제나라는
바다와 접해 있어 소금을 만들고 고기를 잡을 수 있었

기 때문에 상업이 발전하여 단기간에 경제 강국이 되어 당시 제후국 중에 패자가 되었다. 춘추 시대에는 다섯 제후국에서 패자가 나왔는데, 제환공을 비롯하여 진문 공, 송양공, 진목공, 초장왕이다.

'광합(匡合)'의 광은 바로잡다는 뜻이고, 합은 모이 게 하다, 합치다의 뜻이다. 제환공은 천하의 난을 바로 잡고 각지의 제후들을 모이게 했다. 《논어》에 "환공이 아홉 번이나 제후들의 회합을 주도해 맹약을 통하여 천 하를 바로잡았다."가 그것이다. 환공이 제후들을 규합 한 목적은 '제약부경' 즉, 약소국가를 도와서 구해 주고 장차 기울어가는 주왕실을 붙들어 바로세우기 위함이 었다.

실제로 환공은 북쪽의 산융을 정벌하여 연국을 구해 주고, 적란을 평정하여 형국과 위국을 도와주었으며, 주나라 왕실이 기울고 있을 때에 양왕의 왕위를 안정시 켜 미약하고 위태로운 것을 구제하고 바로잡아주었다. 서기전 656년 제환공은 노, 송나라 등 여덟 나라의 연 합군을 이끌고 남방의 초나라를 정벌하여 초나라로 하 여금 맹약에 가입하도록 종용하였고 초나라의 북진을 저지할 수가 있었다. 제환공은 43년 동안 재위에 있으면서 26차례 제후들을 규합하여 천하를 바로잡으려고 했다.

綺回漢惠 說感武丁
기회한혜 열감무정

기리계(綺里季)는 한나라 혜제(惠帝)를 돌려놓았고, 부열(傅說)은 무정(武丁)을 감동시켰다.

한자풀이 및 난이도

綺(비단 기) 回(돌아올 회) 漢(한수, 나라 한) 惠(은혜 혜)
說(말씀 설, 달랠 세, 기뻐할 열) 感(느낄 감) 武(호반 무)
丁(고무래 정)

단어풀이

漢惠(한혜) : 한나라 혜제.
說(열) : 부열, 은나라 고종 때의 재상.
武丁(무정) : 은나라 왕의 이름.

기(綺)는 기리계이니 상산사호(商山四皓)의 한 사람이다. 상산사호는 기리계를 비롯하여 동원공, 하황공, 녹리선생을 가리킨다. 이들은 진나라 말기에 천하의 대란이 일어나자 상산으로 은거하여 세인들이 상산사호라고 일컬었다.

호(皓)는 온통 희다는 뜻으로 머리, 눈썹, 수염 등이 모두 새하얘졌다는 것이다. 초나라와 한나라의 전쟁 때, 유방은 여러 차례 상산사호를 불러 자신을 보좌해 주길 청했지만 상산사호는 매정하게 거절하고 세상에 나오지 않았다.

유방은 한나라가 천하를 통일하자 여후(呂后)의 아들인 유영을 태자로 삼았는데 유영의 성품이 너무 유약하여 폐위하고, 척부인(戚夫人)의 아들인 여의를 태자로 삼으려고 했다. 이에 여후는 다급하여 장량에게 대책을 마련해 달라고 사정하자 장량은 상산사호를 불러 태자를 보좌하게 만들었다. 나중에 유방은 상산사호가 태자유영을 보좌하는 것을 보고 "우익(羽翼)이 이미 만들어졌으니 태자를 바꾸는 것은 어렵게 되었다."라고 말했다. 그리하여 유방 사후에 유영이 황위를 계승하여 혜제가 되었다. 그가 온전히 황제가 될 수 있었던 것은 바로 기리계 등의 상산사호의 힘이 컸다. '기회한혜'란 것은 이 고사를 말하는 것이다.

부는 부열이고, 무정은 은나라의 고종을 말한다. 무정은 즉위하여 3년 동안 말하지 않고 마음속으로 훌륭한 신하를 구하였는데, 꿈에 나타나므로 초상화를 그려 천하에 구하였다. 이때 부열은 천한 신분으로 담 쌓는 일을 하고 있었는데, 얼굴이 초상화와 같았으므로 발탁되어 마침내 훌륭한 정치를 이룩하였다. 때문에 부열이 무정을 감동시켰다는 것이다.

상산사호

173

俊乂密勿 多士寔寧
준예밀물 다사식녕

준수하고 재주 있는 자들이 경륜을 치밀하게 하니 많
은 선비가 있어 나라가 편안하다.

해설 및 고사

준예는 오늘날에는 인재로 일컬어지는 사람들이다.
즉 고대에 "천 명 중에 빼어난 사람을 준(俊)이라고 말했고, 백 명 중에 빼어난 사람을 예(乂)"라고 했다. 밀물(密勿)은 부지런하고 치밀하게 함을 이른다.

'다사식녕'의 뜻은 나라의 선비가 많으면 나라가 편안해진다는 것으로 《시경》〈문왕〉에 "수많은 선비가 있어 문왕이 편안하다."한 것이 바로 이것이다. '식(寔)'자는 '실(實)'자와 '시(是)'자와 상통하는데, 여기서는 이 시(是) 자의 뜻으로 쓰였다.

晋楚更覇 趙魏困横
진초경패 조위곤횡

진(晋)나라와 초(楚)나라가 번갈아 패권을 잡았고, 조(趙)나라와 위(魏)나라는 연횡책으로 곤경에 빠졌다.

한자풀이 및 난이도

晋(나라 진) 楚(나라 초) 更(다시 갱, 고칠 경) 覇(으뜸 패)
趙(나라 조) 魏(나라 위) 困(곤할 곤) 横(비낄 횡)

단어풀이

横(횡) : 연횡책(連横策), 연횡책은 전국 시대에 진(秦)나라를 중심으로 동서의 여섯 나라를 연합한 장의(張儀)의 정책.

해설 및 고사

　진문공(晋文公)은 제환공에 이어 중원의 패자로 등극했다. 진문공의 인생 역정은 파란만장했다. 그는 진헌공의 아들이었지만 헌공이 총애하는 여희가 태자 신생을 죽이자 자신도 죽임을 당할까 두려워 고국을 떠나 19년 동안 여러 나라로 유랑 생활을 하면서 갖은 고생을 다했다. 뒤에 진목공의 힘으로 귀국하여 왕이 되었는데, 그의 나이가 이미 62세나 되었다. 때문에 그는 권모술수와 속임수에 능했다. 《논어》〈헌문〉에서 공자가 "진문공은 간사하면서 바르지 아니하고, 제환공은 바르면서 속이지 않았다."라고 평가한 데서도 알 수 있다.

진문공은 재위 기간에 조쇠, 호언 등을 등용하여 국력이 나날이 신장되어 정치는 평안해지고 백성들은 늘어났으며 재물은 다 쓸 수 없을 정도로 많아지게 되었다. 이 즈음 주왕실에 내란이 발생하여 주양왕이 도피했는데, 진문공은 그 기회를 잡아 양왕을 호위하여 무사히 귀국시켰다. 이 때문에 그는 중원제후 중의 명망이 높아지게 되었다. 전성기의 진국은 산서성 중남부, 하북성 남부, 하남성 서북부와 섬서성의 일부분을 차지할 정도로 영역이 넓어졌다. 서기전 632년, 진나라와 초나라는 패주 자리를 놓고 성복 전투을 했는데, 초나라가 패하여 진문공이 패주가 되었다.

춘추 시대에 초나라는 땅이 가장 넓고 인구도 많았을 뿐만 아니라 자원도 풍족하여 발전 속도가 빨랐다. 춘추 시대에 170여 제후국이 있었는데, 초나라는 40여 제후국을 합병했다.

서기전 597년, 초장왕이 대군을 이끌고 정나라를 공격하자 진나라가 구원병을 보내 지금의 정주시 동쪽인 필(邲)에서 대전을 벌였는데 진나라가 참패하고 만다. 이어 서기전 594년 겨울, 초·노·채·진(秦) 등 14국이 지금의 산동성 진안 서쪽의 촉에서 회합하여 맹약을 하고 초나라를 맹주로 추천하여 초장왕은 진문공의 뒤를 이어 중원의 패주가 되었다.

전국 시대에 합종설을 주장한 소진(蘇秦)은 초·연·제·한·위·조 등의 여섯 나라를 이끌고 진(秦)나라를 고립시키고 치려 하였다. 이에 진나라는 6국이 진나라와 우호 관계를 맺고 진나라를 섬기게 하는 장의의 연횡설을 채택한다. 그리고 기존의 정책이었던 가까운 나라와 우호 관계를 맺고 먼 나라를 공격하는 '근교원공(近交遠攻)' 정책을 버리고, 가까운 나라를 먼저 공격하고 먼 나라와 우호 관계를 맺는 '근공원교' 정책을 쓴다. 그 과정에 진나라와 가까운 조나라와 위나라가 희생양이 되었다. 때문에 조나라와 위나라가 연횡설로 곤궁해졌다는 것이다.

假途滅虢 踐土會盟
가도멸괵 천토회맹

길을 빌려 괵나라를 멸망시키고, 천토에 모여 맹세하였다.

단어풀이

假道(가도) : 다른 나라의 길을 빌려 통과함.

踐土(천토) : 지명.

會盟(회맹) : 모여서 서로 맹세함, 임금이 공신들과 희생
(제사 지낼 때 바쳤던 소)으로 하늘에 제사
를 지내고 그 피를 서로 나누어 마시며 단결
을 맹세하던 일.

진(晉)나라 헌공이 곽나라를 치고자 하여 우나라에 길을 빌리자고 하였는데, 우나라 임금은 궁지기의 간언을 듣지 않고 길을 빌려 주었다. 당시 궁지기는 "곽나라는 우나라의 표면과 같은지라 곽이 망하면 우도 반드시 그 뒤를 따를 것입니다. 진나라에게 길을 열어주면 안 됩니다. 이는 마치 도적을 불러들이는 것과 같습니다. 속담에 서로 돕고 의지해야 한다고 했습니다. 입술이 없어지면 이가 드러나 시리나는 말이 있는데, 이는 우나라와 곽나라를 관계를 이르는 말입니다." 그 후 궁지기의 말처럼 진나라는 곽나라를 멸망시키고 돌아오는 길에 우나라도 함께 멸망시켰다. 곽과 우나라는 서로 영토를 마주했는데 지금의 산서성 평륙현 부근이었다.

천토(踐土)는 지금의 하남성 원양 서남쪽으로, 이곳에서 진나라 문공은 노나라의 희공, 제후, 송공, 채후, 정백, 위자, 거자 등과 만나 위후의 무도(無道)함을 징계한 다음에 앞으로는 주나라의 임금을 존중히 여기고 사사로이 침략 쟁탈하지 않을 것을 맹약하였다. 또 주나라 양왕을 하양에서 불러와 조회하였으니, 이는 천자를 등에 업고 제후들을 호령한 것이다.

181

何遵約法 韓弊煩刑
하준약법 한폐번형

소하(蕭何)는 간소한 법으로 나를 다스렸고, 한비자(韓非子)는 번거로운 형벌에 피폐해졌다.

한자풀이 및 난이도

何(어찌 하) 遵(좇을 준) 約(약속할 약) 法(법 법)
韓(나라, 성씨 한) 弊(해질 폐) 煩(번거로울 번) 刑(형벌 형)

단어풀이

何(하) : 소하, 한나라 고조 때의 공신.

約法(약법) : 법을 간소하게 함.

韓(한) : 한비자, 전국 시대 한나라 사람으로 법가(法家)
　　　　의 대표자.

하(何)는 소하이다. 그는 걸출한 정치가와 재상으로 일찍이 장량, 한신, 진평 등과 함께 유방을 도와 항우를 퇴패시키고 한나라를 건립하는 데 큰공을 세웠다. 서기 전 207년 유방이 함양 부근의 패상에 진군하여 그곳의 백성들을 모아놓고 말하길 "진나라의 법이 너무도 가혹하여 조정의 일에 대해 비방하거나 우연히 이야기해도 본인은 물론 친족까지 죽임을 당했다. 이제 내가 관중왕이 되었으니 집다한 진나라의 법을 폐기하고 오직 세 가지 간략한 법을 제정하니, 곧 살인을 한 자는 죽임을 당하고, 남을 상하게 한 자와 도둑질을 한 자는 그 죄를 따져 벌을 내리겠다."고 하였다. 이것이 유방이 선포한 '약법삼장(約法三章)' 이다. 소하는 이 약법삼장을 가지고 다시 가감을 하여 '한률구장(漢律九章)'을 제정하였다. 때문에 소하가 요약한 법에 따라 다스렸다는 것이다.

한(韓)은 한비자이다. 한비자는 전국 시대 법가의 대표적 인물로 형명학파의 대가였다. 그는 한나라의 왕족 출신으로 한나라가 타국의 침략을 받아 영토가 깎이고 국세가 약화되는 것을 보고 자주 글로써 간하였으나 받아들이지 않았다. 그 요지는 나라를 통치함에 있어서 법제를 정비하고 군주로서의 권세를 쥐고 그 신하를 제어하고 나라를 부하게 하고 병력을 강하게 하기 위해서 인재를 구하여 현인을 임명해야 한다는 것이었다. 후일 진시황이 그의 글을 보고 감탄하여 "이 글을 쓴 인물을 만나 사귈 수 있다면 죽어도 여한이 없겠다."고 하였다고 한다. 결국 진시황은 한비자를 초빙하여 그의 글처럼 군주 위주와 법으로 백성들을 철권 통치하게 된다. 그러나 한비자는 동문이었던 이사의 질투로 말미암아 억울하게 죽임을 당하고 만다. 사마천은 "한비자는 먹줄을 친 것처럼 깔끔하게 법규를 제정하여 모든 세사와 인정에 절실하고 시비의 별(別)을 분명하게 가려 놓았지만 궁극적으로는 너무 각박하여 인정미가 없다."고 평하였다.

起翦頗牧 用軍最精
기전파목 용군최정

│ 백기(白起), 왕전(王翦), 염파(廉頗), 이목(李牧)은 용병
│ 술에 가장 정교하였다.

한자풀이 및 난이도

起(일어날 기) 翦(자를 전) 頗(자못 파) 牧(칠 목) 用(쓸 용)
軍(군사 군) 最(가장 최) 精(정할 정)

단어풀이

起(기) : 백기, 전국 시대 진(秦)나라의 장수.
翦(전) : 왕전, 전국 시대 진(秦)나라의 장수.
頗(파) : 염파, 전국 시대 조(趙)나라의 장수.
牧(목) : 이목, 전국 시대 조(趙)나라의 장수.

기전파목은 전국 시대에 4대 명장으로 바로 백기, 왕전, 염파, 이목이다. 그 중에 백기와 왕전은 진나라의 명장이고 염파, 이목은 조나라의 명장이다.

백기는 전국 시대 제일 유명한 장수로 전쟁의 신으로도 일컬었다. 그는 진나라, 지금의 섬서성 미현 출신으로 16세에 군대에 종사하여 70여 차례 전투에 참여했는데 단 한 번도 져본 적이 없었다. 진나라 군사 역사상 가장 중요한 인물로 후에 무안군에 봉해진 백기는 일생 동안 165만 명을 살육하여 6국의 병사들은 그의 이름만 들어도 간담을 쓸어내렸다고 한다. 양계초의 설에 따르면 전국 시대에 전쟁터에서 직접 사망한 사람은 약 200만 명 정도인데, 백기 혼자서 병사를 이끌고 165만을 도살했으니 그가 전쟁터에서 얼마나 가물찬 지 상상해 볼 수 있다. 한 예로 조나라와 장평에서 전투를 벌려 45만 명의 조나라 병사를 포로로 잡아서 모두 생매장을 시켰다. 이 전투로 조나라는 원기를 잃고 더 이상 진나라에 대항할 수가 없었다.

왕전은 지금의 섬서성 부평현 동북쪽에 자리한 빈양

출신으로 배기의 뒤를 계승한 진나라의 명장이었다. 그 아들 왕분과 더불어 진시황을 보좌하여 6국의 전쟁에서 큰공을 세웠다. 한나라를 제외하고 나머지 5국은 모두 왕전 부자에 의해서 멸망되었다.

염파(BC 283~240)는 조나라의 명장으로, 혜문왕 16년에 장군이 되어 제나라를 크게 격파하고 진양(晉陽)을 공략하여 상경이 되었다. 용기로써 제후에게 알려졌다. 평소 평신군 인상여와 사이가 좋지 않다가 인상여가 나라와 자신을 생각하는 마음에 감동받아 인상여와 생사를 같이하여 목이 떨어져도 후회하지 않을 만큼 친한 '문경지교(刎頸之交)'를 맺고 함께 조나라를 흥성하게 하였다

이목은 전국 시대 조나라의 북쪽 변방을 지키던 훌륭한 명장이다. 일찍이 안문(雁門)에 주둔하여 흉노의 침입을 방어했다. 그는 청렴결백하고 공사를 위해 힘썼으며 수입이 생기면 모두 사병들의 경비로 충당하여 병사들이 몹시 그를 따랐다. 또 방비의 방책도 험준한 장성에만 의존하지 않고, 말 타고 활쏘기, 봉화 올리기, 적지에 간첩을 많이 풀어놓는 등 전방위적 대응 방안을

시행하여 병사들 사기가 하늘을 찌를 듯하였다. 그제야 그는 정예 병사를 이용하여 교묘하게 기이한 진법을 설치하여 적이 깊게 침입하도록 유혹했다. 그리하여 흉노 10만 명을 격파하여 10여 년 동안 흉노가 감히 조나라를 넘보지 못하도록 만들었다. 후세인들은 이목을 기재(奇才)라고 칭송했고, 더불어 안문에 그를 기념하기 위한 정변사를 만들었다.

이 네 장수가 군을 운용하는 법은 모두 정묘(精妙)하다고 말한 것이다.

宣威沙漠 馳譽丹青
선위사막 치예단청

그 위엄은 멀리 사막에까지 퍼졌고 단청으로 얼굴을
그려 명예를 드날렸다.

한자풀이 및 난이도

宣(베풀 선) 威(위엄 위) 沙(모래 사) 漠(아득한 막)
馳(달릴 치) 譽(칭찬할 예) 丹(붉을 단) 靑(푸를 청)

단어풀이

宣威(선위) : 위력을 떨침.
丹靑(단청) : 물감으로 채색하는 일.

 해설 및 고사

이 네 명의 장수들의 작전은 고명하고 용병술이 정교
하여 그들의 위엄과 명성이 멀리 사막의 변방 지역까지
전해져 삭북의 오랑캐 사람들도 그들을 삼가고 잊지 못

했다. 또 그들의 초상화는 단청으로 정교하게 그려져 영원히 역사에 남도록 하였는데, 이것이 바로 '치예단청(馳譽丹靑)'인 것이다.

단청은 본디 그 얼굴과 모양을 그린 것으로, 공을 세우면 그의 얼굴을 그려 영원히 명예를 드날리게 하기 위함이다. 때문에 한나라 때 공신의 화상 책이 민간에서도 유행했고, 한선제는 공신들의 화상을 기린각에 그려놓았으며, 한명제 때는 공신들의 화상을 운대에 보관하기도 하였다.

사막

九州禹跡 百郡秦并
구주우적 백군진병

아홉 주는 우(禹)임금의 자취가 있고, 일 백 고을은 진
(秦)나라가 합병하였다.

한자풀이 및 난이도

九(아홉 구) 州(고을 주) 禹(하우씨 우) 跡(자취 적)
百(일백 백) 郡(고을 군) 秦(나라 진) 并(아우를 병)

단어풀이

九州(구주) : 기주, 연주, 청주, 서주, 양주, 형주, 예주, 양
주, 옹주이다.

禹跡(우적) : 우임금의 발자취.

百郡(백군) : 진시황이 중국을 통일하기 전에 각국에 설
치된 여러 군(郡)의 숫자를 통칭함.

  중국 최초의 왕조가 하나라이고, 이 하나라의 최초의
임금이 우이다. 그는 홍수로 고통받는 백성들을 위하여
치수를 단행하였는데, 이를 위해 구주(九州)를 두루 돌
아다니면서 산을 따라 나무를 베고 막힌 언덕을 뚫어
물길을 안전하게 통하게 했다. 때문에 구주에 두루 그
의 발자취가 남아 있다는 것이다.

  구주는 기주 · 연주 · 청주 · 서주 · 양주 · 형주 · 예
주 · 양주 · 옹주인데, 고대 중국을 일컫는 말로도 쓰인
다. 백군 역시 춘추전국 시대에 여러 나라에서 만든 각
국에 설치된 군(郡)의 숫자를 통칭하는 것으로 정확하
게 103군이 있었다고 한다. 후일 중국을 통일한 진시황
은 103군을 다시 36군으로 만들었다.

嶽宗恒岱 禪主云亭
악종항대 선주운정

오악(五嶽)은 항산(恒山)과 대산(岱山)을 조종(祖宗)으로 삼고, 봉선(封禪)은 운운산(云云山)과 정정산(亭亭山)에 서 주로 하였다.

한자풀이 및 난이도

嶽(산마루 악) 宗(마루 종) 恒(항상 항) 岱(뫼 대)
禪(터닦을, 좌선 선) 主(임금 주) 云(이를 운) 亭(정자 정)

단어풀이

嶽(악) : 오악(五嶽), 즉 항산, 태산, 화산, 숭산, 형산이다.
恒岱(항대) : 항산과 태산, 대(岱)는 태산을 가리킨다.
禪(선) : 봉선(封禪), 고대 황제들이 하늘과 땅에 제사를 지냈던 의식.
云亭(운정) : 운운산과 정정산, 태산 아래에 있는 작은 산.

　　오악은 고대 중국의 동서남북과 중앙 지대에서 가장 높고 성스러운 산들을 가리킨다. 즉 북쪽의 항상(2017 미터), 동쪽의 태산(1524미터), 서쪽의 화산(2160미터), 중앙의 숭산(1440미터), 남쪽의 형산(1290미터)이다.

　　그 중에서 동쪽의 영산인 태산과 북쪽의 영산인 항산에서 중국 고대 황제들이 하늘과 땅에 제사를 지냈던 봉선 의식을 자주 거행했다. 태산은 '대악'이라고 불리는데 '오악의 우두머리', '오악 중에서 홀로 존귀하다.'라는 예칭을 지니고 있다. 그래서 역대 황제들이 가장 자주 봉선 의식을 거행했다. 그러나 태산의 가장 높은 봉우리에서 봉선 의식을 거행했던 것은 아니고, 태산 남쪽의 작은 봉우리 산인 운운산과 정정산 부근의 대묘(岱廟)에서 의식을 거행했다. 대묘는 지금의 산동성 태안시 경내에 위치하고 있다.

雁門紫塞 鷄田赤城
안문자새 계전적성

| 안문과 자새가 있고, 계전과 적성이 있다.

한자풀이 및 난이도

雁(기러기 안) 門(문 문) 紫(붉을 자) 塞(변방 새) 鷄(닭 계)
田(밭 전) 赤(붉을 적) 城(성 성)

단어풀이

雁門(안문) : 현재 산서성 북부 지역에 있던 옛 지명.
紫塞(자새) : 붉은 땅 혹은 붉은 흙으로 지은 장성을 가리
킨다.
鷄田(계전) : 옹주(雍州)에 있던 지명.
赤城(적성) : 기주(夔州) 어복현(魚腹縣)에 있던 지명.

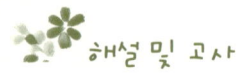

안문은 중국 산서성 대현 북쪽의 북악 항산에 있다. 이곳은 관문으로 유명한데, 《여씨춘추》에는 "천하에 구새(九塞) 중에 안문을 으뜸으로 삼는다."고 하였다. 또 《산해경》에는 "기러기가 그 안문으로 넘어간다."고 하였다. 기러기가 안문으로 넘어가는 까닭은 주변의 산이 높아서 안문이 있는 협곡으로 빠져나가기 때문이다.

만리장성 서북쪽의 담은 자주색을 띠고 있어 '자새(紫塞)'라고 부른다. 만리장성은 서쪽으로 가욕관에서 동쪽으로는 발해에 이르기까지 1만 2천 리에 달한다. 그 중에서 서북쪽은 더욱 장관인데, 그 까닭은 주변에 식물이 적고 지역은 광활하기 때문에 한눈에 그 정경을 굽어 살펴볼 수 있기 때문이다. 또 그 땅이 대부분 붉은 흙이기 때문에 장성의 담도 붉은 자주색을 띠고 있다. 그 정경은 석

안문

양이 내릴 때 더욱 가관이다.

계전(鷄田)은 고대 서북쪽 변경의 한 지명이다. 지금의 영하성 계전현으로 중국에서 가장 멀고 오래된 역참(驛站) 중의 하나이다. 이곳에서 옛날 주나라 문왕은 왕자(王者)가 되었으며, 진(秦)나라의 목공은 암탉을 얻고 패자가 되었다. 아래에 보계사가 있으니, 진나라에서 하늘에 제사를 지내던 곳이다.

적성은 산 이름이다. 저명한 절강성 천태산의 기봉(奇峰) 중 하나로, 적성산은 흙빛이 모두 직색이고 그 형상이 성벽처럼 생겨서 유명하다. 매일 새벽마다 해가 뜨고 질 때면 온 산봉우리가 자줏빛으로 물들기 때문에 '적성서하(赤城栖霞)'라고 불린다. 천태산의 8대 정경 중의 하나이다. 적성산은 해발 340미터로 주변이 모두 푸른 청산(靑山)인데 그곳만이 붉은 빛을 띠고 있어 독특하다. 천태산의 남쪽에 자리잡고 있다.

적성산

昆池碣石 鉅野洞庭
곤지갈석 거야동정

곤지(昆池)와 갈석(碣石)이요, 거야(鉅野)와 동정(洞庭)이다.

昆(맏 곤) 池(못 지) 碣(돌 갈) 石(돌 석) 鉅(클 거)
野(들 야) 洞(골 동, 꿰뚫을 통) 庭(뜰 정)

昆池(곤지) : 중국 운남성 곤명에 있는 호수 이름.

碣石(갈석) : 하북성 부평현 창려현에 있는 산 이름.

鉅野(거야) : 중국 산동성 거야현의 이름. 태산 동쪽에 있
는 큰 늪지대이다.

洞庭(동정) : 중국 호남성 북동쪽에 있는 호수 이름.

곤지는 운남성 곤명시 서남쪽에 자리잡고 있는 전지(滇池)이다. 중구의 6대 담수호 중의 하나로 예전에는 진남택, 곤명호로 불리었다. 호수의 외형은 초생달과 같고 해발 1886미터에 자리잡고 있으며 그 크기가 500리에 달한다. 또 기후가 온화하고 주변에 산들이 둘러싸고 있어 더욱 운치가 있다.

전국 시대에 초나라의 장교가 일찍이 이곳에서 주둔하고, 그 후에 전국을 건립하였다. 또 한나라의 부제는 운남과 교류하기 위하기 위하여 이 호수를 파놓고 수전(水戰)을 익혔다고 한다.

갈석은 하북성에 있는 갈석산이다. 창려현 북쪽에 자리잡고 있으며 유명한 피서지인 북대하에서 약 30킬로미터 정도 떨어져 있다. 이곳은 동해 바다를 관망할 수 있던 명승지이다. 갈석산의 주봉은 선태정이고 해발 695미터이다. 그 위에는 수암사라는 절이 있다. 이곳은 역대 제왕들이 자주 올라 동해 바다를 관망했던 곳으로 진시황을 비롯하여 한무제, 조조, 당태종 등이 즐겨 올라왔던 곳이다.

거야는 산동성 동쪽의 거야현에 있는 저명한 연못이다. 이곳에는 수초와 물고기가 많이 서식하고 있는데, 지금은 거의 고갈된 상태이다.

동정은 동정호를 일컫는다. 이 호수는 중국의 2대 담수호 중의 하나이고 호남성과 호북성에 걸쳐 있다. 면적이 2,820㎢라 팔백 리 동정호라고 불린다. 천하제일루(天下第一樓)라고 일컫는 악양루가 있고, 삼국 시대에 노숙이 수병을 훈련시킨 곳이다. 호수 가운데 동정산이 있는데 이곳은 순임금의 두 비가 자결했던 곳으로 그녀들의 묘가 있고, 여동빈과 한무제 등의 행적이 남아 있다.

동정호

曠遠綿邈 巖岫杳冥
광원면막 암수묘명

광막하고 멀며 바위와 묏부리가 높이 솟고 물이 아득하고 깊다.

단어풀이

曠遠(광원) : 넓고 멂, 매우 멂.

綿邈(면막) : 매우 멂.

巖岫(암수) : 바위 구멍, 산이 높아서 오를 수 없음을 형용.

杳冥(묘명) : 그윽하고 어두움, 물이 깊어서 측량할 수 없음을 형용.

윗글에서 소개한 산천은 모두 중국의 명승지이다. 작가는 "광원면막(曠遠綿邈), 암수묘명(岩岫杳冥)"이라는 두 구로 총 결론을 지었는데, 이는 중국 땅의 광활함과 산수의 수려함, 천태만상, 역사의 유구함 등을 묘사한 것이다.

운해[중국 서장(티베트) 산하]

治本於農 務玆稼穡
치본어농 무자가색

> 다스림은 농사를 근본으로 하니, 이에 심고 거두는 일
> 에 힘쓰게 한다.

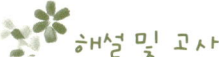 해설 및 고사

제왕이 정치할 때에는 반드시 농사를 근본으로 삼으
니, 군주는 백성을 하늘로 여기고 백성은 먹는 것을 하
늘로 여기기 때문이다.

'무자가색'의 '무'는 어떤 일에 '종사하다.' '힘쓰다.'의 뜻이고 '자'는 '이'라는 뜻이다. '가'의 본뜻은 볏모의 이삭과 종자이고, '색'은 농작물을 수확한다는 것이다. 후에 봄에 논밭을 가는 것을 '가'라고 하고, 가을에 곡식을 거두는 것을 '색'이라고 했다. '가색'은 곡식을 심고 거두는 일로 '농사'를 의미한다.

농사를 근본으로 삼기 때문에 반드시 백성들로 하여금 봄에 심고 가을에 수확하는 일에 오로지 힘쓰게 하여, 농사철을 빼앗지 않게 한다는 것이다.

俶載南畝 我藝黍稷
숙재남묘 아예서직

비로소 남쪽 이랑에서 일을 하고, 나는 기장과 피를 심었다.

 해설 및 고사

'숙'은 비로소 개시하다는 뜻이고 '재'는 '종사하다.'는 뜻이다. '남묘'는 해가 잘 드는 남쪽 이랑이다. 《시경》의 〈칠월〉이란 시는 "칠월이면 화성이 서쪽으로

205

내려오고, 구월이면 추워서 겹옷을 준비한다네······ 내 아내는 아이들과 함께 저 남쪽 밭으로 밥을 내오네[饁彼南畝]"라는 시구가 있다.

묘는 전답의 면적 단위를 측량하는 양사이다. 시대마다 그 단위가 차이가 있었는데, 진(秦)나라 이전에는 6척(尺) 사방을 보(步), 100보를 묘라고 했다. 진나라 이후에는 2,400보를 묘라고 하였다. 현대는 100㎡가 1묘(一畝)이다. 예컨대 《맹자》에 말하길 "5묘의 집터에 뽕나무를 심으면 쉰 살 된 자가 비단옷을 입을 수 있다."고 하였는데, 그 면적은 500보 정도의 땅이다.

'아예서직'에서 '예'는 심는다, 재배한다는 뜻이고 '서'는 찰기장, '직'은 피를 가리킨다. 서와 직은 오곡을 대표하는 것으로 옛 사람들에게 가장 주요한 양식이었다. 중국인들은 오곡 풍성한 것을 상서롭게 여겼다. 《삼자경》에는 육곡(六穀)이 나오는데, 바로 벼, 조, 콩, 보리, 기장, 피이다. 상고 시대에는 북방에서 벼가 자라지 않았기 때문에 벼는 오곡에서 제외되었다.

稅熟貢新 勸賞黜陟
세숙공신 권상출척

> 익은 곡식에 세금을 매기고 새로운 물건을 바치며, 권하고 상주며 내치기도 하고 올려주기도 한다.

한자풀이 및 난이도

稅(징수할 세) 熟(익을 숙) 貢(바칠 공) 新(새 신)
勸(권할 권) 賞(상줄 상) 黜(물리칠 출) 陟(오를 척)

단어풀이

黜陟(출척) : 무능한 사람을 물리치고, 유능한 사람을 등용함.

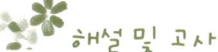

해설 및 고사

농작물이 익으면 새로 수확한 농작물을 나라에 바치는 것을 세(稅)라고 한다. 때문에 '세(稅)'자에는 벼 화(禾) 변이 붙은 것이다. 《설문해자》에 따르면 재물을 거두는 것을 부(賦)라고 하고 곡식을 거두는 것을 세(稅)라고 했다.

중국은 주나라 때부터 전국에 정전제(井田制)를 시행했다. 사방 일리(一里)의 농지를 정 자(井字) 모양으로 아홉 등분하여 중앙의 한 구역을 공전(公田), 주변의 여덟 구역을 사전(私田)이라 하며, 사전은 여덟 농가가 하나씩 경작하여 먹고 공전은 여덟 집에서 공동으로 경작하게 하여 그 수확을 나라에 바치게 했다. 이때 조세로 반드시 익은 것을 사용하고 나라의 쓰임에 대비하고, 토산물을 바치되 반드시 새것을 사용하여 종묘에 올렸다. 농사가 이루어지면 권농관(勸農官)이 부지런한 자에게 권면하고 상을 주며 게으른 자를 내쳐 경계한다.

孟軻敦素 史魚秉直
맹가돈소 사어병직

맹가(孟軻)는 본바탕을 돈독히 닦았으며 사어(史魚)는 직간(直諫)을 잘하였다.

한자풀이 및 난이도

孟(맏 맹) 軻(수레 가) 敦(도타울 돈) 素(흴 소) 史(역사 사)
魚(물고기 어) 秉(잡을 병) 直(곧을 직)

단어풀이

孟軻(맹가) : 맹자, 자사의 문하에서 공부하여 소양을 두터이 함.

史魚(사어) : 위나라의 대부, 이름은 추이고, 자는 자어 이다.

맹자의 이름은 가(軻)이니, 어려서는 자애로운 어머니의 가르침을 받고 장성해서는 자사의 문하에서 공부하여 소양을 두터이 하였다.

사어는 위나라의 대부이며 이름은 추이고 자는 자어인데, 시신(尸身)으로 간(諫)했다. 시신으로 간했다는 것은 "사어가 병이 들어 죽게 되자 그 아들에게 말하기를, '나는 남의 신하가 되어 살아서는 능히 어진 이를 등용하지 못하였고 불초한 자를 물리치지 못했으니, 죽으면 시신을 거적에 말아서 그대로 장례하라.' 하였다. 위나라 임금이 이 말을 듣고서, 어진 신하인 거백옥을 부르고, 간신인 미자하를 물리쳤다. 그는 살아서는 몸으로써 간하고 죽어서는 시(尸)로써 간하였다." 이에 대해 공자가 말하길 "곧기도 해라 사어여! 나라에 도(道)가 있을 때에도 화살처럼 곧았으며, 나라에 도가 없을 때에도 화살처럼 곧았다."라고 칭송했다.

庶幾中庸 勞謙謹勅
서기중용 노겸근칙

> 중용에 가까이 가려면 근로하고 겸손하고 삼가고 경계하라.

해설 및 고사

‘서기’는 가까움, 대개, 바라건대라는 뜻이 있다. 따라서 ‘서기중용’은 중용에 가까이 가려면 혹은, 바라건대 중용을 지키려면 등으로 해석한다.

공자는 《논어》에서 "군자는 중용을 지키고 소인은 중용에 반한다."고 하였고, 또 "중용의 덕은 지극하구나! 이 덕을 실행할 수 있는 백성이 드문지 오래되었다."고 하였다. 이에 공자의 손자인 자사가 공자의 말을 가지고 부연하여 한 편의 논문을 썼는데 이것이 바로 《중용》이다. 이 문장은 원래 《예기》 가운데 실려 있는데, 송나라 때 유학자인 주희가 중용만을 뽑아 《논어》·《맹자》·《대학》과 더불어 사서(四書)로 만들었다.

  중용은 치우치지 않고 기울지 않으며 과하거나 미치지 못함이 없는 일상의 이치인데, 사람들은 능하기 어렵기 때문에 힘써 중용의 도에 이르기를 바라야 할 것이다. 이 중용의 도에 가까이 가려면 근로하고 겸손하고 삼가고 단단히 경계하여야 한다.

聆音察理 鑑貌辨色
영음찰리 감모변색

소리를 듣고 이치를 살피며, 모습을 보고 기색을 분별
한다.

단어풀이

영음(聆音) : 소리를 듣다.
찰리(察理) : 이치를 살피다.

해설 및 고사

영(聆)은 자세히 듣는 것이며 찰(察)은 살피다, 고찰하
다의 뜻이고 이(理)는 도리이다. 중국 속담에 "이야기는

그 뜻을 듣고, 징소리는 그 리듬을 듣는다."라고 하였다.
이 뜻은 남들과 이야기를 할 때는 상대방이 전하려는 의
미를 명백하게 이해해야 한다는 것이다.

　《논어》에 "꿩들이 사람의 안색이 좋지 않은 것을 보
고 날아올라 빙빙 돌며 자세히 살핀 뒤에 내려앉았다.
공자가 말하길 '산골짜기 징검다리 꿩이여, 때를 만났
구나, 때를 만났구나.'라고 하였다. 이에 자로가 꿩을
잡아 익혀서 바쳤으나 공자는 먹지는 아니하고 세 번
냄새를 맡고 일어 나섰다."는 정경이 나온다. 이 문장의
뜻은 구절마다 공자의 태도와 행동을 비유한 것으로 공
자는 꿩을 통해 민심과 군주를 자세히 살핀 뒤에 그 나
라에 머물렀는데도, 자리를 얻지 못함을 탄식한 것이다.
그러나 자로는 그 뜻을 헤아리지 못하고 꿩을 잡아 공
자에게 바쳤다. 공자가 세 번 정도 냄새를 맡고 물러난
것은 자로가 섭섭해 할까 우려해서고, 냄새만 맡고 떠
난 것은 본래 꿩을 먹으려는 의도가 없었기 때문이었다.

　감(鑑)의 본뜻은 동으로 만든 거울로, 관찰 · 감별의
뜻이고 모(貌)는 한 개인의 용모나 행동거지를 뜻한다.
감모변색이란 말은 용모와 말과 얼굴빛을 가지고 사람

의 정을 보고 뜻을 분별할 수 있다는 것이니, 예컨대 제나라 환공의 부인이 위나라를 치려고 함을 안 것과 관중이 위나라를 용서하려고 함을 안 것이 그 예이다.

貽厥嘉猷 勉其祗植
이궐가유 면기지식

┃ 그 아름다운 계책을 주었으니 공경히 심기를 힘써라.

해설 및 고사

군자는 자손들에게 물려줄 때에 마땅히 아름다운 계
책으로 남겼으니, 예컨대 조선조의 문인 정약용은 유배
지에서 자신의 아들 유아에게 보낸 글에서 다음과 같은
말을 남겼다.

"네가 닭을 기른다는 말을 들었는데, 이는 참으로 좋은 일이다. 하지만 이 중에서도 품위 있고 저속하며 깨끗하고 더러운 등의 차이가 있다. 진실로 농사에 관한 서적을 잘 읽어서 그 좋은 방법을 선택하여 시험해 보되, 색깔과 종류로 구별해 보기도 하고, 홰를 다르게도 만들어 사육을 특별히 해서 남의 닭보다 더 살찌고 더 번식하게 하여, 또 간혹 시를 지어서 닭의 정경을 읊어 사물로써 사물을 보낼 수 있는 것, 이것이 바로 독서한 사람의 양계법이다. 만약 이익만 보고 의리를 알지 못하며 기를 줄만 알고 취미는 모르는 채 부지런히 힘쓰고 골몰하면서 이웃의 채소를 가꾸는 사람들과 아침저녁으로 다투기나 한다면, 이는 바로 서너 집 모여사는 시골의 졸렬한 사람이나 하는 양계법이다. 너는 어느 쪽을 택하겠느냐? 이미 양계를 하고 있다니 아무쪼록 백가의 서적에서 양계에 관한 이론을 뽑아 닭에 대한 경(經)을 만들어서 육우의 《다경(茶經)》과 유혜풍(柳惠風)의 《연경(烟經)》과 같이 한다면, 이 또한 하나의 좋은 일이 될 것이다. 세속적인 일에서 맑은 운치를 간직하는 것은, 항상 이런 방법으로 예를 삼도록 하여라!"

이 글은 선비가 양계하는 법으로 아무리 어려운 상황에서도 선비다운 자세를 잃지 않고 학구열을 북돋아주는 좋은 계책이라 할 수 있다.

省躬譏誡 寵增抗極
성궁기계 총증항극

> 자신의 몸을 반성해서 살피고 경계하며, 임금의 총애
> 가 더할수록 극에 도달함을 우려하여야 한다.

단어풀이

譏誡(기계) : 비판과 경계.
抗極(항극) : 극에 다다름.

 해설 및 고사

　　성(省)은 반성이고, 궁(躬)은 자기 신체이다. 신하가
스스로 그 몸을 살펴 매양 비판과 경계가 옴을 생각한
다면 스스로 마땅히 벼슬길에 나아감을 어렵게 여기고

물러나기를 쉽게 할 것이다. 이러한 자세는 신하뿐만
아니라 제왕에게도 마찬가지다. 《논어》〈요왈〉에 탕왕
이 걸왕을 추방하고 난 뒤 제후들에게 고한 말 중에서
"만일 제 몸에 죄가 있다면 백성들에게 연루하지 마시
고, 백성들에게 죄가 있으면 그 죄는 제 자신에게 있습
니다."라고 하였다. 이런 철저한 반성과 책임 의식은 바
로 유가(儒家)의 인(仁) 사상과 부합된다. 또 불가의 지
장보살이 "지옥에서 고통받는 사람을 모두 구제하기 전
에는 성불하지 않겠다."라고 한 자비 정신과도 일맥상
통한다.

영광이 더욱 높아지면 마땅히 극에 달한 근심을 두어
야 하니, 옛 사람들이 영화에 처하면 위태로움을 생각
해야 한다는 것이다. 그래서 노자는 "총애와 오욕에 대
해 놀라는 것처럼 하고, 큰 근심을 귀하게 여기는 것을
자신의 몸과 같이 한다."고 하였다. 이는 "만물은 극에
달하면 다시 처음으로 돌아간다."는 뜻인 '물극즉반(物
極則反)'의 이치가 분명하기 때문이다.

殆辱近恥 林皐幸卽
태욕근치 임고행즉

> 위태로움과 욕됨은 치욕에 가까우니 숲 우거진 언덕
> 으로 나가야 한다.

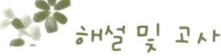

해설 및 고사

   치(恥)는 마음속으로 부끄러워 수치스런 것이고, 욕
(辱)은 외부에서 괴롭히고 업신여기는 것을 말한다. 《논
어》에 "공경함이 예에 가까우면 수치스러운 것과 욕됨

을 멀리할 수 있다."고 하였다. 무례하면 은총이 욕됨으로 변할 수 있고, 또 욕됨을 받으면 수치스러워지기 마련이다. 노자도 말하길 "만족함을 알고 욕되지 않고 그칠 줄을 알면 위태롭지 않다."하였으니, 부귀로울 때 물러가지 않으면 반드시 위태로움과 욕을 당하여 치욕에 가깝게 될 것이다.

고대 관리가 되어 벼슬살이하는 것은 마치 전쟁터에 나가는 것과 비슷하다. 임금을 곁에 모시고 있는 것은 호랑이를 곁에 두고 있는 것 같고, 일마다 살얼음판을 걷는 것처럼 도처에 위험이 잠재되어 있다. 만일 한 가지라도 잘못되면 자신은 물론이고 친척, 선생, 사형사제까지 모두 연루되어 위험에 처할 수 있기 때문에 그 책임은 크다. 때문에 정세가 바르지 못하면 서둘러 벼슬자리를 내놓고 산림으로 은거하는 것이 천성을 온전히 보존하는 방책이고 현명한 선비의 갈 길이다. 다음에 소개되는 '양소견기(兩疏見機)'가 그 좋은 예이다.

兩疏見機 解組誰逼
양소견기 해조수핍

두 소씨(疏氏)는 기미를 알아차리고 인끈을 풀고 물러
감에 누가 핍박하겠는가.

한자풀이 및 난이도

兩(두 량) 疏(상소함, 성씨 소) 見(볼 견, 나타날 현)
機(틀 기) 解(풀 해) 組(짤, 인끈 조) 誰(누구 수)
逼(핍박할 핍)

단어풀이

兩疏(양소) : 한나라 때 태부를 지낸 소광(疏廣)과 그의
　　　　　　 조카인 소수(疏受).
解組(해조) : 인수(印綬)를 품, 벼슬을 내놓음, 사직함, 조
　　　　　　 (組)는 인끈.

　양소는 한선제 때의 소광과 그의 조카인 소수이다.
이 두 사람은 일찍이 태자태부와 태자소부를 지냈다.
곧 황제의 두 스승이라 지위도 높고 명성도 자자했다.
그러나 두 사람은 "나무가 크면 바람도 세다."는 속담처
럼 명성이 높을수록 다른 사람의 시기와 공격을 많이
받을 것이 두려워 단지 5년만 벼슬을 살고 자원하여 낙
향할 것을 청했으며 마침내 금의환향할 수 있었다.

　기(機)는 '조짐'이나 '전조' 등의 뜻이 있다. 즉 일 조
짐이 시작되었지만 미약한 상태라서 감지하기 어렵다.
그러나 군자나 현자들은 미리 예측할 수 있다. 때문에
《역경》에는 "기란 움직임이 미약하지만 군자는 그 기미
를 보아서 미리 조처한다."고 하였다.

　해(解)는 풀어버린다는 뜻이고, 조(組)는 조수(組綬)의
약칭이다. 조수는 일종에 패옥(佩玉) 또는 인장(印章)을
띠는 끈목으로 좁은 것은 조, 넓은 것을 수라고 부른다.
즉 관리를 증명하는 물건이다. 고대에는 도장의 손잡이
에 끈을 매거나 혹은 훈장으로 사용했다. 즉 해조(解綬)
란 '조수를 풀어놓았다.'는 것으로 '벼슬자리를 내놓았

다.'는 뜻이다. 수핍(誰逼)은 "누가 자기 스스로 벼슬을 사양하는 사람을 핍박할 수 있겠는가?"라는 뜻이다.

索居閑處 沈默寂寥
삭거한처 침묵적료

한가롭게 거처하고 있으며 침묵을 지키고 고요하게
산다.

한자풀이 및 난이도

索(찾을 색, 한가로울 삭) 居(살 거) 閑(한가 한) 處(곳 처)
沈(잠길 침) 黙(잠잠할 묵) 寂(고요할 적) 寥(고요 요)

단어풀이

索居(삭거) : 친구와 사귀지 않고 떨어져 있음, 쓸쓸하게
　　　　　　홀로 있음.
寂寥(적료) : 남들과 쫓아다니고 찾아다니지 않음.

 해설 및 고사

　삭거는 '쓸쓸하게 홀로 지낸다.'는 뜻이고, 한처는
'조용히 거처한다.'는 뜻으로 바로 벼슬을 버리고 물러

난 자의 일이다. 침묵은 남들과 말에 오르내리지 않기 위함이고, 적료는 남들을 쫓아다니거나 찾아다니지 않는다는 것이다.

이 두 구는 세간의 시비에 연연하지 않고 유유자적하며 청정한 생활을 즐긴다는 뜻인데, 이를 세속인들이 실천하는 것은 생각하는 것보다 쉽지 않다. 조선조의 명문장가인 장유(張維 1587~1638)는 〈삭거하면서 자유롭게 읊어본 시〉 10수를 지었는데, 그 중에 두 수를 소개하면 다음과 같다.

"사람들은 세 치 혓바닥을 위해 온갖 고량진미 쫓아다니는데, 목구멍만 잠깐 넘기고 나면 똥덩어리 되는 것은 모르고 있다네. 기막힌 눈요깃감을 찾아다니면서 치장한 미녀 보면 사족을 못 쓰는데, 생각하면 도대체 이 물건이 무엇인가? 가죽 부대에 담긴 고름 덩어리. 음식이든 여색이든 욕정임은 마찬가지라네, 결국은 모두가 크나큰 미혹, 이 화두를 깨어 부수면 멀리 벗어나 집착 없게 되리라!"

"영화로운 벼슬자리 사모하지만, 천작(天爵)이 아닌 외물(外物)의 소치. 내적으로 무엇이 줄어들고 늘어날

까? 겉모양이 미추(美醜)로 드러나는 것일 따름. 선비가 바야흐로 불우할 때는, 친척들도 염두에 두지 않다가, 하루아침에 높은 신분으로 올라서면은 길 가는 사람들도 설설 긴다오. 본래 무상한 영예와 치욕, 처지 바뀌면 변덕들을 부리는데, 참으로 귀한 경지 본래 따로 있는 것을, 사람들 모르다니 가련하도다!"

한암마을[한적한 시골 풍경]

求古尋論 散慮逍遙
구고심론 산려소요

옛것을 구하여 찾고 의논하며, 잡된 생각은 흩어버리고 한가로이 거닐며 노닌다.

단어풀이

逍遙(소요) : 마음 내키는 대로 유유히 생활하여 즐기는 일.

해설 및 고사

군자가 한가롭게 거처할 때에도 반드시 옛 성인들의 행적과 고전의 기록을 찾아 끊임없이 진리와 이치를 토론하니, 몸은 비록 물러났더라도 세상을 교화하는데 도움을 주기 때문이다. 또 잡된 우려를 풀고 소요하며 유유자적해야 한다는 것이다. 이러한 생활은 자기 자신의 마음먹기에 달렸으며 평범한 일상생활 속에서도 충분히 체득할 수 있다. 이는 조선조 문인인 신흠이 〈병이 나은 뒤에 비로소 아이들과 문 밖의 작은 정자에 나가 소요하며 즉흥으로 지은 시〉를 통해서도 살펴볼 수 있다.

"버려짐 거론할 게 뭐가 있으리, 분수 따르니 그 또한 편안하고말고. 공후백 높은 벼슬 원하지 않고, 아버지와 아들 손자 식구끼리 서로 의지해, 채소잎 무성하여 신발 묻히니, 방앗소리 급하게 강촌 울리네. 듬성한 수풀 밖에 단장 기대니, 동산 위에 아득히 달이 걸렸네."

欣奏累遣 感謝歡招
흔주누견 척사환초

기쁜 일은 아뢰고 나쁜 일은 보내며, 슬픔은 사라지고
기쁨은 손짓하여 부른다.

한자풀이 및 난이도

欣(기쁠 흔) 奏(아뢸 주) 累(여러 루) 遣(보낼 견)
慼(슬플 척) 謝(사례, 하직할 사) 歡(기뻐할 환) 招(부를 초)

단어풀이

欣奏(흔주) : 기쁜 일을 아뢰다, 기쁨이 모여든다.
慼謝(척사) : 슬픔이나 근심이 사라진다.

해설 및 고사

  인생에 있어 길흉화복은 내가 뜻한다고 하여 얻을 수
있는 것도 피할 수 있는 것이 아니다. 거기에는 항상 자
업자득과 운명의 제한이 뒤따르고 있다. 따라서 인간이

할 수 있는 것은 오직 나쁜 일이나 언행을 떨쳐버리고 삼가면서 평소 좋은 마음이나 덕행을 기르고 실천해야 한다. 그러면 평소 가지고 있던 슬픔이 사라지고 몸과 마음이 편안해지면서 기쁨이 넘쳐나게 된다.

앞서 언급한 글에서처럼 세속의 부질없는 부귀영화와 안일을 바라는 탐욕을 버리고, 한적한 곳에 은거하면서 옛 사람들이 남긴 주옥 같은 글을 읽으며 잡된 생각을 흩어버린다면, 기쁨이 저절로 우러나오고 잡되게 얽매이는 일은 저절로 물러날 것이다.

渠荷的歷 園莽抽條
거하적력 원망추조

도랑의 연꽃은 곱고 분명하며 동산의 풀은 가지가 뻗
어 오른다.

한자풀이 및 난이도

渠(개천 거) 荷(연꽃 하) 的(과녁 적) 歷(지낼 력)
園(동산 원) 莽(풀 망) 抽(빼낼 추) 條(조목, 가지 조)

단어풀이

的歷(적력) : 또렷또렷하고 분명함, 선명한 모양.

해설 및 고사

연(蓮)의 잎을 하(荷), 그 열매를 연(蓮), 그 뿌리를 우
(藕), 그 꽃봉오리를 함담(菡萏), 그 꽃을 부용(芙蓉)이라
하는데 총칭해서 부거(芙蕖)라고 한다. 거하(渠荷)란 도

랑의 연꽃이고 적력(的歷)이란 곱고 선명하다는 뜻이다. 즉 개천의 연꽃이 여름이면 만개해서 선명하고 아름다운 향기를 뿜어낸다는 것이다.

연꽃은 길상(吉祥)의 식물로 불가에서는 지혜를 상징하거나 극락세계를 묘사할 때에 자주 등장하고, 유가에서도 연화는 진흙 속에서도 오염되지 않는 덕을 상징하여 꽃 중의 군자로 일컬었다. 연화가 꽃 중의 군자라는 말은 송나라 주돈이가 지은 《애련설》에서 나오지만 조선조의 정조대왕이 지은 〈연못〉이란 시에서도 살펴볼 수 있다. 즉 "곱고 요염한 붉은 꽃 푸른 잎 청명도 하여라! 전각에 바람 불어오니 저문 향기 물씬 나네. 진흙에서 나왔지만 능히 청결함 보전하니, 꽃 중에 군자란 말이 어찌 빈 이름일까?"라고 읊었다. 또한 동산의 풀이 봄이 되면 서로 푸르러서 우북함이 빼어난 가지가 사랑스럽기만 하다는 것이다.

枇杷晩翠 梧桐早凋
비파만취 오동조조

│ 비파나무는 늦도록 푸르고, 오동나무는 일찍 시든다.

한자풀이 및 난이도

枇(비파나무 비) 杷(비파나무 파) 晩(늦을 만) 翠(푸를 취)
梧(오동 오) 桐(오동 동) 早(이를 조) 凋(시들 조)

단어풀이

晩翠(만취) : 늦도록 푸르다.
早凋(조조) : 일찍 시들다.

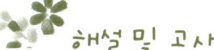

해설 및 고사

비파나무는 과일나무로서는 드물게 가을에 꽃이 피
며 늦겨울이나 초봄까지 열매가 익기 때문에 '늦도록
푸르다.'고 한 것이다. 비파나무의 꽃은 흰색이며 크기
는 2cm 가량이고, 열매와 잎의 생김새가 비파를 닮아서

비파나무라고 한다. 열매는 길고 둥글며 크기는 3~5㎝ 가량으로 노란색이나 귤색을 띤다. 그래서 촌부들은 '노귤(盧橘)'이라고 별칭하기도 한다.

당시(唐詩)에, "노귤꽃이 피니 단풍나무 잎이 쇠했다."하였고, 또 사마상여의 〈상림부〉에도, "노귤이 여름에 익는다."고 하였는데, 이는 늦겨울에 열매가 나서 여름에 익기 때문이다.

이에 반해 오동나무는 가을 기운을 받으면 곧바로 잎이 시든다. 지역에 따라 약간의 차이가 있겠지만 오동나무는 입추 무렵이면 잎이 떨어진다. 입추는 음력 8월로 더위가 완전히 물러가지 않아서 "소가 늦더위를 먹고 죽는 경우가 많다."는 속담이 있을 정도로 무덥다. 그런대로 오동나무는 가을 기운인 금기(金氣)에 예민하게 반응한다.

또 오동나무는 예부터 귀한 나무로 알려져 "봉황새는 대나무 열매만 먹고 집은 오동나무에만 짓는다."고 여겼으며, 생장은 빠른 편이고 목재는 얇은 판으로 만들어도 갈라지거나 뒤틀리지 않는다. 그래서 예로부터 거문고 · 비파 · 가야금 등의 악기를 만들었으며, 책장 ·

경대 · 장롱 등의 가구재로 쓰였다. 나막신을 오동나무로 만들면 가볍고 발이 편하며 땀이 차지 않았다고 전해진다. 열매에서 짠 동유(桐油)는 한방에서 음창 · 오림 · 구충 · 두풍 · 종창 등에도 쓰인다.

비파나무

陳根委翳 落葉飄䬃
진근위예 낙엽표요

묵은 뿌리가 땅에 쌓이고 덮이며 떨어지는 잎이 이리
저리 나부낀다.

해설 및 고사

우주 삼라만상은 흥망성쇠를 거듭한다. 인간은 물론
이고, 모든 생명체는 태어나서 자랐다가 노쇠하여 죽기
마련이다. 이것이 자연의 섭리이다. 계절의 변화에 따

라 온갖 풀이 겨울이 되면 마르고 떨어져 묵은 뿌리가 땅에 쌓이고 덮인다. 또한 온갖 나무가 서리를 맞으면 잎이 떨어져 앙상한 잎이 공중에 나부낀다. 이러한 변화를 지켜보면서 자연에 순응하고 그 대처 방법을 강구하는 것이 인간의 지혜이다.

낙엽

遊鯤獨運 凌摩絳霄
유곤독운 능마강소

곤어(鯤魚)는 홀로 자유로이 노닐다가 붕새가 되어 붉은 하늘을 넘어서 날아간다.

단어풀이

鯤(곤) : 장자가 말한 북해의 고기. 놀 때는 홀로 푸른 바다에서 움직이고 변하여 새가 되면 그 이름을 붕새라고 하는데, 등에 푸른 하늘을 지고 한 번 날아 9만 리 상공에 오른다고 한다.
凌摩(능마) : 침범하여 핍박함.
絳霄(강소) : 붉은 하늘.

해설 및 고사

　곤(鯤)은 《장자》〈소요유편〉에 나오는 상상의 큰 물고
기로 북해에서 홀로 사는데, 그 크기가 몇 천리가 되는
지 알 수가 없을 정도라고 한다. 곤이 변화해서 새가 되
면 그 이름은 붕(鵬)새라고 하는데, 등에 푸른 하늘을
지고 한 번 날아서 9만 리 상공에 오르니, 마치 '붉은
하늘에 끝까지 올라가 그 속으로 들어갈 것 같다.'는 것
이다. 이는 군자가 청운의 길에 날아오르고 숨어 움직
이는 것이 각각 때가 있음을 의미하거나 신선이 되어
붉은 하늘로 승천한다는 것을 비유한 것이다.

　여기서 붉은 하늘인 강소(絳霄)는 자소궁을 지칭하기
도 한다. 하늘에는 신선들이 거주하는 전설적인 이상향
인 구소궁(九霄宮)이 있는데, 즉 신소궁·청소궁·벽소
궁·단소궁·경소궁·옥소궁·진소궁·자소궁·태소
궁 등이다. 이곳은 신선들이 도력의 도가 높고 낮음에
따라 나누어 산다는데, 붕새로 변한 곤이 자소궁으로 곧
바로 들어가 신선 고향에 정착하게 됨을 비유한 것이다.

241

耽讀翫市 寓目囊箱
탐독완시 우목낭상

저자의 책방에서 글 읽기를 즐기니 눈으로 책을 보면
주머니와 상자에 책을 넣어둔 것과 같다.

해설 및 고사

왕충은 동한 시대의 저명한 사상가로, 그의 자는 중
임이고 절강성 회계 상우 출신이다. 일찍이 태학에 입
학하여 수업을 하고 반표를 스승으로 삼았는데, 백가의
학설에 두루 정통했다. 어려서 낙양에 가서 공부했는데

집안이 가난하여 책을 사볼 수가 없었다. 그래서 자주 저잣거리에 있는 책방에 가서 팔려가는 책을 보고 통째로 암기했는데, 나중에는 습관이 되어서 그가 한 번 본 책은 그 자리에서 암기할 수가 있었다고 한다. 때문에 사람들은 "왕충이 눈을 붙여 한 번 보면 주머니와 상자에 책을 넣어두는 것 같다."고 하였다. 그는 잠시 벼슬 살이하다가 귀향하여 평생 동안 저술 활동을 하였다. 그가 심혈을 기울여 저술했던 책은 《기속》, 《정무》, 《양생》, 《논형》 등인데 현재까지 전해지는 책은 《논형》뿐이다. 왕충은 30년에 걸쳐 틈틈이 《논형》 85편을 저술했는데, 세상에서 기서(奇書)로 일컬어진다.

서기 189년 채옹이 절강에 와서 《논형》을 보고 마치 보물을 획득한 것처럼 좋아하여 비밀리에 숨겨 가지고 사천으로 돌아왔다. 얼마 후, 채옹의 친구가 채옹의 학문이 크게 진전된 것을 보고 반드시 비결이 있을 거라 생각하여 그의 방을 살펴보다가 《논형》을 발견하였다. 그러며 친구는 채옹에게 이 책을 꼭 빌려달라고 사정하자 채옹은 "이 책은 너와 내가 함께 볼 수 있지만 외부로 전해져서는 안 된다."라고 신신당부를 했다고 전해진다.

易輶攸畏 屬耳垣牆
이유유외 속이원장

> 말을 쉽고 가볍게 하는 것을 두려워하는 바이니 귀가
> 담장에 붙어 있기 때문이다.

한자풀이 및 난이도

易(쉬울 이, 바꿀 역) 輶(가벼울 유) 攸(바 유)
畏(두려워할 외) 屬(붙을 속, 이을 촉) 耳(귀 이) 垣(담 원)
牆(담 장)

단어풀이

垣牆(원장) : 울타리, 또는 토담.

해설 및 고사

이 구절은 매사 삼가고 신중하게 행동하라는 뜻이다.
사람이 말을 함부로 하면 반드시 실수를 저지르게 마련
이다. 이 때문에 군자는 말을 삼가고 말실수를 할까 두

려워한다. 《시경》〈소반〉에 이르길 "산이 지극히 높지만 혹은 그 봉우리에 올라가기도 하고 샘이 매우 깊지만 혹은 그 밑에 들어가기도 한다. 그러므로 군자는 그 말을 함부로 하지 않나니, 귀를 담장에 붙이고 있는 자가 좌우를 관망하여 참소하는 말을 내는 자가 있을까 조심하는 것이다."하였다.

조선조의 문인인 윤휴(尹鑴 1617~1680)의 《백호집》에는 방씨 문집의 면학시를 소개하면서 그 중에 언행의 신중性에 대헤 다음과 같이 읊고 있다. "좋은 사람은 말이 그리 적은데 나쁜 사람은 웬 말이 그리 많은지. 말이 많으면 반복이 심하고 듬직한 사람은 언제나 한결같다네. 옥의 티는 갈아낼 수 있어도 말의 티는 갈 수가 없는 것. 하늘이 어쩌니저쩌니 떠들고 구변(口辯)이 흐르는 황하수 같아도, 마음 하나가 풀려 있으면 대하는 일마다 티가 나는 법. 한 백 년 유유히 사는 동안에 닥치는 영욕이 어떠하겠는가?"

具膳飱飯 適口充腸
구선손반 적구충장

| 반찬을 갖추어 밥을 먹으니 입에 맞아 창자를 채운다.

한자풀이 및 난이도

具(갖출 구) 膳(반찬 선) 飱(밥 손) 飯(밥 반) 適(마침 적)
口(입 구) 充(채울 충) 腸(창자 장)

단어풀이

適口(적구) : 음식의 맛이 입에 맞음.

해설 및 고사

　　반찬을 갖추어 밥을 먹음은 일상 생활에 음식을 먹는
떳떳한 일이다. 음식은 다만 내 입에 맞게 하고 내 창자
를 채워 굶주리지 않게 할 뿐이요 사치스럽게 먹어서는
안 된다는 것이다. 음식이 자신의 입에 맞는 것은 사람

과 지역, 계절 등에 따라 일정한 것이 아니고 다름이 있기 마련이다. 예컨대 어떤 사람은 채소를 좋아하고, 어떤 사람은 고기를 좋아하며, 지역과 사계절에 따라 선호하는 음식이 다를 수 있다. 그러나 가장 중요한 것은 과욕을 부리지 말고 자기 몸과 자연의 순리에 따른 음식을 제때에 알맞게 섭취하여 굶주림이 없으면 행복한 것이다.

조선조의 선비인 서거정(徐居正 1420~1488)은 자신의 채소밭을 돌면서 지은 시에서 "사람이 살면서 입에 맞으면 그게 진미지, 채소를 씹어도 고기만 못하지 않다네. 내 집 동산에 몇 이랑 공지가 있어 해마다 넉넉히 채소를 심네. 배추, 무, 상추, 미나리, 토란, 자소, 생강, 마늘, 파, 여뀌 등 오미 양념을 갖추어, 데쳐선 국 끓이고 담가선 김치 만드네. 내 식성이 본디 채식을 즐겨 꿀처럼 사탕처럼 달게 먹으니, 필경 나나 사치스럽게 음식을 먹는 하층이나 다 똑같이 배부른데, 굳이 식탁 앞에 맛난 고량진미를 차려놓고 먹을 필요가 없다네."라고 하였다.

飽飫烹宰 饑厭糟糠
포어팽재 기염조강

배부르면 요리한 고기도 싫고, 굶주리면 지게미와 겨
도 배부르게 먹는다.

한자풀이 및 난이도

飽(배부를 포) 飫(배부를 어) 烹(삶을 팽)
宰(재상, 고기 재) 饑(주릴 기) 厭(싫을 염) 糟(재강 조)
糠(겨 강)

단어풀이

飽飫(포어) : 질릴 때까지 먹음, 실컷 먹음.
烹宰(팽재) : 음식을 요리함.
糟糠(조강) : 지게미와 쌀겨라는 뜻으로 '변하지 않은
음식'을 비유함.

　배부를 때는 비록 요리한 고기와 진귀한 음식이라도 맛보지 않게 마련이다. 그러나 굶주릴 때에는 비록 술지게미와 쌀겨 등의 하찮은 음식일지라도 반드시 만족하여 달고 아름답게 여기는 법이다. 비단 음식뿐만 아니라 인생만사도 마찬가지인 것 같다.

　조선조의 실학자인 이수광의 《지봉유설》에는 다음과 같은 고사가 나온다. 즉 〈소설〉에 말하길 "어떤 떡을 파는 자가 배양 화로를 끼고 있어 노래를 부르고 있다. 이것을 보던 어느 사람이 이를 어여삐 여겨 돈 만 냥을 주었더니 그로부터는 노랫소리가 들리지 않았다. 그 까닭을 물었더니 그는 대답하길, 나의 가진 밑천이 이미 커져서 마음이 거칠고 경솔하게 변했기 때문에 다시는 양관 위성곡을 노래하지 않는다고 했다."고 하였다. 내가 보니 곤궁하고 청빈한 선비가 글을 읽다가 한 번 벼슬을 하고 보면 태연히 만족하게 여겨서 다시는 글을 읽지 않고 드디어 공부를 폐하고 만다. 이것은 모두 떡을 파는 자의 경우와 같아서 슬픈 일이라 하겠다.

親戚故舊 老少異糧
친척고구 노소이량

> 친척과 옛 친구는 늙고 젊음에 따라 음식을 달리한다.

한자풀이 및 난이도

親(친할 친) 戚(겨레 척) 故(연고 고) 舊(옛 구) 老(늙을 로)
少(젊을 소) 異(다를 이) 糧(양식 량)

단어풀이

故舊(고구) : 오래 전부터 사귀어 온 친구.

해설 및 고사

아버지의 친척을 친(親)이라 하고 어머니의 친척을
척(戚)이라 부른다. 또 예부터 사귄 사람을 고구(故舊)라
한다. 우리가 흔히 쓰는 친구는 원래 친척과 오래된 벗
을 동시에 말하는 것이었으나, 오늘날에는 오래두고 정

겹게 사귀어 온 벗을 지칭한다, 이러한 친척과 벗들은 모두 차등이 있는 것이다.

늙은이는 비단옷이 아니면 따뜻하지 않고 고기가 아니면 배부르지 않으며, 젊은 자도 또한 음식을 절제하고 사랑하여 기름을 삼가야 하니, 예(禮)에 이른바 "15세 이상은 늙은이와 젊은이가 음식을 달리한다는 것"이 이것이다. 《예기》〈내칙편〉에는 "50세가 되면 음식을 따로 받고, 60세가 되면 하루걸러 고기를 차려주고, 70세기 되면 여러 반찬을 마련해 주고, 80세가 되면 언제나 진수성찬을 차려주여야 한다."라고 하였다.

이처럼 옛 사람들이 노인과 젊은이에게 각기 음식을 따로 마련해 주고 각 상을 차리는 이유가 있다. 즉 노인은 젊은이보다 음식을 섭취하는 시간이 더디고, 치아가 부실하여 쉬이 영양 실조에 걸려 건강을 잃을 수 있기 때문이다. 때문에 지금도 시골에선 노인에게 각 상을 준비하는 정경을 볼 수 있는 것이다.

妾御績紡 侍巾帷房
첩어적방 시건유방

아내나 첩은 길쌈을 하고 장막천 방 안에서 남편이 의
관을 갖추는 것을 시중든다.

한자풀이 및 난이도

妾(첩 첩) 御(다스릴 어) 績(길쌈 적) 紡(길쌈 방)
侍(모실 시) 巾(수건 건) 帷(장막 유) 房(방 방)

단어풀이

績紡(적방) : 실을 뽑는 일, 길쌈을 하다.
帷房(유방) : 휘장을 친 방, 침실.

해설 및 고사

옛 사람들은 처와 첩의 분별이 있었다. 즉 처는 한 사
람만 맞이할 수 있고 첩은 몇 명이라도 상관하지 않는
다. 《예기》〈내칙편〉에 "정식으로 빙례(聘禮)를 갖추어

맞이하면 처가 되고, 그냥 따라가면 첩이 된다."라고 정의하고 있다. 즉 중매자를 붙여 정식으로 시집오면 처가 되고, 예절과 법도를 따르지 않고 사적으로 결합하여 따라오면 첩이라고 부르는 것이다. 제왕의 경우도 72명의 비와 108명의 첩을 거느릴 수 있지만 정실 왕후나 황후는 단지 1명만 둘 수 있다.

어(御)는 다스리다, 관리하다는 뜻으로 윗사람이 아랫사람을 다스리는 것이다. 적방은 길쌈을 하는 것으로 즉, 처는 집안과 첩, 하인들을 다스리고, 첩은 길쌈을 한다는 뜻이다. 처첩의 또 다른 임무는 수건과 빗을 가지고 휘장을 친 방 안에서 남편을 시중들고 의관을 입는 것을 도와주는 것이다. 시(侍)는 시중을 들어 모시는 것이고 건(巾)은 원래 두건이다. 선진(先秦) 시대에는 18세에서 20세가 되면 관례를 하고 관모를 쓰는데, 이는 성인이 되었다는 뜻이다. 그러나 진한(秦漢) 시대 이후에 관직과 작위가 있는 사람만이 관모를 쓰고 일반 백성들은 두건을 두르게 되었다. 여기에서 건은 의관을 통칭하는 것이다.

유방은 장막을 둘러쳐서 만든 침실이고, 그 안에 침

대에도 휘장이 쳐 있다. 이는 방음 효과가 있고 사적인 비밀을 보호해 주기 위함이다. 휘장이 양쪽에 쳐 있는 것을 유라 하고, 그 위에 있는 것을 막이라고 한다. 오늘날에 커튼을 연상하면 된다.

紈扇圓潔 銀燭煒煌
환선원결 은촉위황

> 비단 부채는 둥글고 깨끗하며 은빛 촛불은 빛나고 환하다.

해설 및 고사

백색의 비단으로 이루어진 백(帛)을 견(絹)이라고 부른다. 제나라에서 생산되는 견이 가장 유명했었는데,

이를 환(紈)이라고 불렀다. 옛말에 호강스럽게 자란 부잣집 자식을 '환고자제(紈袴子弟)'라고 불렀는데, 이는 견으로 만든 사치스런 옷을 입고 있었기 때문이다. 환선은 여자 아이들이 쓰던 백색의 둥근 비단 부채이다. 그 부채 위에 글자를 쓰고 그림을 그리기도 한다. 《서유기》에는 "길가 양편에 버드나무는 어린 제비를 숨겨주고, 길 가는 사람들은 더위를 피해 환선을 부치고 있다네."라는 시구가 나온다.

오늘날에는 견(絹)·주(綢)·단(緞) 등을 통칭하여 백(帛)이라고도 하나, 실제로는 완전히 다른 견직물이다. 견은 두텁고 거친 명주실로 짠 것으로, 모두 깨끗한 백색이기 때문에 여자들이 정결의 상징으로 삼았다. 오늘날 염색한 비단으로 짠 백을 금백(錦帛)이라고 하는데 그 중에서 얇은 것을 주, 두터운 것을 단이라고 한다.

옛날에는 나무 섶을 묶어 촛불로 만들었는데, 후세에 동식물과 광물질 등에서 추출한 기름으로 촛불로 사용하였다. 그 중에서 밀로 만든 흰색 촛불을 은촉(銀燭)이라 한다. 위황은 환하게 빛나는 모양이다. 예전에 조정에서 길한 날이나 명절 때 고관이나 근신들에게 하사품

을 나누어주었는데, 한식 때에는 은촉을 내려주고 단오
에는 환선 등을 하사했다고 한다.

晝眠夕寐 藍筍象牀
주면석매 남순상상

낮에 졸고 저녁에 자니 푸른 대와 코끼리 뼈로 꾸민
침상이다.

한자풀이 및 난이도

晝(낮 주) 眠(잘 면) 夕(저녁 석) 寐(잘 매) 藍(쪽 람)
筍(죽순 순) 象(코끼리 상) 牀(상 상)

단어풀이

晝眠(주면) : 낮잠을 자다.

夕寐(석매) : 저녁에 자다.

藍筍(남순) : 푸른 대쪽을 엮어서 만든 자리.

象牀(상상) : 상아로 장식한 침상.

'주면석매'에서 면(眠)과 매(寐)는 모두 잠자는 것을 뜻하지만 약간의 차이가 있다. 즉 면은 의자나 평상에서 간단하게 휴식하면서 자는 것이고, 매는 침대에 누워서 정식으로 자는 것을 뜻한다. 이 글자들의 쓰임을 살펴보면 더욱 확실하게 이해할 수 있는데, 겨울잠을 자는 동면이나 자나깨나 잊지 못한다는 오매불망 등을 들 수 있다. 때문에 '주면석매'를 낮에는 졸고 밤에 잠잔다고 번역한 깃이다. 낮에 자는 것은 한가로운 사람이 유유자적하는 일이다. 그러나 재아가 낮잠을 자자 공자는 "썩은 나무는 조각할 수 없고, 거름흙으로 된 담장은 흙손질할 수 없다."고 경계한 바 있다.

'남순상상'은 침구를 말하는 것이니, 푸르고 여린 대껍질로 만든 순석(筍席)과 코끼리 뼈인 상아로 만든 침상을 뜻한다. 남(藍)은 "푸른 물감은 쪽에서 났지만 쪽보다 더 푸르다."는 '청출어람이청어람(靑出於藍而靑於藍)'의 쪽으로 여린 푸른색을 뜻한다. 순(筍)은 본래는 죽순이지만 여린 대껍질로 만든 순석을 뜻하다. 《서경》〈고명편〉에 보면 "순석은 여린 대로 만든 자리이다."라고 하였다. 상상은 상아로 장식한 침상이다. 《전국책(戰國策)》의 제민왕책에 보면 "맹상군이 여러 나라를 두루 다닐 때 초나라에 이르러 그곳에서 상상을 바쳤다."고 하였으니, 상상이 중국 남부에서 침상의 도구로 애용되었음을 확인할 수 있다.

弦歌酒讌 接杯擧觴
현가주연 접배거상

거문고와 비파로 노래하며 술로 잔치하고 잔을 공손히 쥐고 두 손으로 들어 권한다.

한자풀이 및 난이도

弦(줄 현) 歌(노래 가) 酒(술 주) 讌(잔치 연) 接(이을 접)
杯(잔 배) 擧(들 거) 觴(잔 상)

단어풀이

弦歌(현가) : 현악기에 맞추어 노래함.

해설 및 고사

현가는 '현가이성(弦歌而聲)'의 약칭으로 공자가 한 말에서 인용된 것이다. 《논어》〈양화편〉에 "공자가 무성으로 가서 현을 맞추어 노래 부르는 소리를 들었다.

공자가 빙그레 웃으시며 말하기를, '닭 잡는데 어찌 소 잡는 칼을 쓰는가?'"하였다. 이는 자신의 제자인 자유가 예악으로 백성을 교화하는 것을 빗대어 한 말인데, 여기서 현은 단순히 거문고나 현악기를 의미하는 것만이 아니라 음악을 통칭하는 것이다.

주연은 술로 잔치를 한다는 뜻이다. '접배거상'의 배와 상은 모두 술잔으로 의미한다. 배는 전국 시대 이후에 나온 것으로 최초에는 목기로 만든 것인데 길고 둥글며 양쪽에 손잡이가 있는 잔이다. 때문에 '이배(耳杯)', '우상(羽觴)'으로 일컬어지기도 한다. 상은 길짐승이 조각된 잔이다. 배와 상 이 외에 작(爵)도 술잔을 의미하는데, 새의 형상을 본떠 세 발 달린 청동기로 만들었다. 이는 새처럼 날아다녀 술에 빠지지 말라는 뜻이 담겨 있고, 술을 데워 먹을 수도 있는 잔이다.

矯手頓足 悅豫且康
교수돈족 열예차강

손을 들고 발을 구르며 춤추니 기뻐하고 또한 편안하다.

한자풀이 및 난이도

矯(바로잡을 교) 手(손 수) 頓(두드릴 돈) 足(발 족)
悅(기쁠 열) 豫(미리, 기쁠 예) 且(또 차) 康(편안 강)

단어풀이

悅豫(열예) : 기뻐하고 즐거워하다.

해설 및 고사

교(矯)는 손이나 머리 등을 높이 드는 모습이다. 도연명의 〈귀거래사〉에 "지팡이를 짚고서 거닐다 쉬다를 반복하며 때로는 머리를 들어 멀리 바라보니, 구름은 무심히 산골짝을 돌아 나오고, 새들은 날다 지치면 돌아올 줄 아누나."라는 시구가 있는데, 그 중에서 '머리를 들어'를 '교수(矯首)'라고 표현했다. 따라서 '교수(矯手)'는 '손을 들다.'라는 뜻이며 돈족(頓足)은 발로 뛰는 모양이다. 〈모시대서〉에 "읊조리고 노래해도 부족하므로 저도 몰래 손이 흔들리고 발이 뛰게 되는 것이다."라는 글이 나오는데, 바로 그런 정경이다. 이미 음악과 술로 흥이 난 상태에서 즐겁게 손발로 움직여 춤추니, 마음 또한 기쁘고 더없이 편안한 상태가 되었다는 것이다.

嫡後嗣續 祭祀蒸嘗
적후사속 제사증상

| 적자로 뒤를 이어 제사에는 증(蒸)과 상(嘗)이 있다.

단어풀이

嗣續(사속) : 아버지의 뒤를 이음, 대(代)를 이음.

 해설 및 고사

처가 낳은 아들을 적자라 하고, 첩이 낳은 아들을 서
자라고 한다. 서(庶)는 많다는 뜻이다. 선진 시대의 예
법에는 적자는 단지 한 사람으로 처가 낳은 장자가 모
든 권한을 계승받게 되었다. 적서의 분쟁은 비단 황실

이나 양반집뿐만이 아니라 일반 대가족 집안에 이르기까지 분란의 원인이 되었다. 오늘날의 사회에서도 자기가 배출하고 임용한 직계를 우대하는데, 이는 적서를 차별하는 전통에서 기인한 것이다. 사(嗣)는 아들이 이어받는다는 뜻인데, 본래 제후가 그 자리를 적장자(嫡長子)에게 물려주는 것을 사라고 불렀다. 속(續)은 계승하고 잇는다는 것이다.

제사는 음식물을 갖추고 하늘이나 땅, 조상에게 추모의식을 거행하는 것이다. 하늘에 제사를 지내는 것을 제(祭)라고 하고, 땅에 제사를 지내는 것을 사(祀)라고 한다. 조상에게 제사를 지내는 것을 향(享)이라고 한다. 고대에는 통상적으로 오제(五祭)가 있었는데, 즉 제천(祭天), 제지(祭地), 제조(祭祖), 제신(祭神), 제조(祭竈)이다. 제사 때에는 짐승을 바치는데, 제사의 등급에 따라 다르다. 즉 삼희제(三犧祭) 때에는 세 짐승인 양, 돼지, 개고기를 바치고 오희제(五犧祭) 때에는 말, 소, 양, 돼지, 개고기를 바친다.

증상은 사계절에 따라 제사를 지내는 약체상증(礿禘嘗烝)의 약칭이다. 《예기》〈왕제편〉에 "천자와 제후는 종묘에 제사를 지내는데 봄에 지내는 제사를 약, 여름에 지내는 제사를 체, 가을에 지내는 제사를 상, 겨울에 지내는 제사를 증"이라고 규정했다. 이는 하나라와 상나라 때의 제사법으로 일 년 중에 춘분 · 추분 · 하지 · 동지 때에 제사를 지낸다. 주나라 때에는 봄에 지내는 제사를 사(祠), 여름에 지내는 제사를 약(礿)이라고 하였다. 여기서 증상은 사계절의 제사를 통칭하는 것이다.

稽顙再拜 悚懼恐惶
계상재배 송구공황

| 이마를 조아리며 두 번 절하고 두려워하고 공경한다.

해설 및 고사

'계상재배'는 《예기》〈사의〉에 '재배계수(再拜稽首)'
라는 말에서 유래된 것이다. 재는 두 번이라는 뜻이고
배는 절을 하는 것인데, 일배(一拜)에 세 차례 머리를 조
아리는 것이다. 따라서 삼배(三拜)를 하면 모두 아홉 차

례 머리를 조아리는 것으로 가장 지극한 예를 뜻한다.

'송구공황'은 두려워하고 공경한다는 뜻이다. 《예기》의 〈제의〉에는 "제사지내는 날이 되면 얼굴빛을 반드시 따뜻하게 하고 행동을 반드시 두려운 것처럼 하고, 부모 사랑하는 마음을 다하지 못하는 것을 두려워해야 한다."고 하였다. 또 이처럼 제사 때에 최고의 예를 표하고 정성과 공경을 다하는 이유에 대해서도 "무릇 사람을 다스리는 도리는 예(禮)보다 긴급한 것이 없다. 예에는 나섯 가지 큰 계통이 있는데, 제사보다 중요한 것이 없다. 제사란 마음 밖에서 오는 것이 아니오, 마음속에서 저절로 생겨나는 것이다. 마음이 조심스러워져서 예의로 받드는 것이기 때문에, 오직 현자라야 제사의 의리를 극진하게 행할 수 있다."라고 설명하고 있다.

牋牒簡要 顧答審詳
전첩간요 고답심상

> 편지는 간단하고 긴요해야 하고 묻고 답함은 살피고
> 자세하여야 한다.

단어풀이

牋牒(전첩) : 편지.
顧答(고답) : 묻고 답함, 안부를 통하는 것을 고(顧)라 하
고 회답하는 것을 답(答)이라 한다.

 해설 및 고사

전첩은 서신을 대표하는 말이다. 전(牋)은 편지 용지
나 편지를 뜻하고, 첩(牒)은 고대에 나무 조각이나 대쪽

에 글을 쓴 것으로 작은 것을 첩, 큰 것을 책(冊)이라고 한다. 또 얇은 것을 첩, 두터운 것을 독(牘)이라고 했다. 그리고 전은 한나라와 위나라 시대에는 천자 · 태자 · 제왕에 대한 상주문(上奏文)으로 쓰였기 때문에 윗사람에게 올리는 글로 일컬어졌고, 첩은 공문서나 평등한 사이에 보내는 각종 글로 알려진다.

간요는 간단하고 요점이 있어야 한다는 것이다. 이는 문장을 지을 때 화려한 수식으로 불필요한 말을 늘어놓는 것을 경계하고 꼭 필요하고 긴요한 것만을 적으란 뜻이다. 이는 공자가 "말은 글로 나타내지 아니하면 멀리 가지 못한다."고 하면서 "말이란 전달되면 그만이다."라고 한 것과 일맥상통한다.

또 조선조의 대유학자 이이는 "문장을 지음에는 글이 간략하면서도 이치가 온당하고 말의 의미가 넓으면서도 깊은 뜻을 지니고 있어야 마침내 도덕 인의를 환하게 윤색시킬 수 있다. 이런 것이 성현의 글이다. 후세 학자들은 실제 이치를 찾지 아니하고 한갓 들뜬 수식만 숭상하여, 마음으로 얻은 바가 없이 겉으로 교묘한 말을 하여 사람의 환심을 사고 재능을 세상에 자랑하고자 한다. 그러므로 그 문장을 지음에 글짓기에는 능하지만 도의에 벗어나서 글은 번거로우나 이치는 막히고 말은 둥글지만 뜻이 통하지 않는다. 이것은 저속한 유학자의 문장이다."라고 설명하였다.

고(顧)는 안부를 묻는 것이고, 답(答)은 회답하는 것이니, 이때에는 자세히 살펴보아야 한다는 것이다.

骸垢想浴 執熱願凉
해구상욕 집열원량

몸에 때가 끼면 목욕할 것을 생각하고 뜨거운 것을 잡으면 신선해지기를 원한다.

한자풀이 및 난이도

骸(뼈, 몸 해) 垢(때 구) 想(생각할 상) 浴(목욕할 욕)
執(잡을 집) 熱(더울 열) 願(원할 원) 凉(서늘할 량)

단어풀이

骸垢(해구) : 몸의 때.
執熱(집열) : 뜨거운 것을 잡다.

해설 및 고사

　해(骸)는 뼈의 조직, 뼈대를 뜻하는 것이다. 인체에 뼈의 조직은 큰 뼈인 골(骨)과 작은 뼈인 해(骸)로 나뉘어져 있다. 여기서의 해는 '사지백해(四肢百骸)'의 축약어

로 몸 전체를 일컫는 것이다. 옛날 관리의 사직서를 '걸
해골표(乞骸骨表)'라고 하는데, 이는 몸이 늙어 벼슬을
그만두고 은퇴하고 싶다는 것이다. '해구상욕'은 몸에
때가 있으면 반드시 목욕할 것을 생각한다는 의미인데,
이는 자신뿐만 아니라 연로한 부모를 모시고 있으면 부
모의 목욕을 도와주어야 한다는 뜻도 내포하고 있다.
《예기》〈내칙〉에는 "부모의 침과 콧물을 남에게 보이지
않는다. ……5일마다 물을 데워 목욕하기를 청하고, 3
일마다 머리를 감도록 준비한다. 그 사이에 낮에 때가
묻었으면 뜨물을 데워서 씻으라고 청한다. 발에 때가
묻었을 때에는 물을 데워서 씻기를 청한다."라고 설명
되어 있다.

　'집열원량'은 뜨거운 것을 잡으면 시원해지기를 원한
다는 뜻이다. 이는 《시경》 대아 〈상유편〉에 "누가 능히
뜨거운 것을 잡고 나서, 물에 담그지 아니하리오.[誰能
執熱, 逝不以濯]"라는 데서 유래된 것이다. 김수온의 희
청부에는 "백성이 혹 더워하면 서늘히 씻어주어야 하고
[民或執熱, 濯以淸泠]"라는 시구가 나오는데, 이는 군자는
자신의 어려움뿐만 아니라 남의 어려움을 헤아리고 도
와주어야 한다는 것이다.

驢騾犢特 駭躍超驤
여라독특 해약초양

| 나귀와 노새와 송아지가 놀라 뛰고 달린다.

驢(당나귀 려) 騾(노새 라) 犢(송아지 독) 特(특별할, 소 특)
駭(놀랄 해) 躍(뛸 약) 超(넘을 초) 驤(달릴 양)

단어풀이

駭躍(해약) : 뛰쳐나와 놀라 뛰는 모양.
超驤(초양) : 분주히 뛰어오르고 발을 구르는 모양.

해설 및 고사

여(驢)는 당나귀이고, 라(騾)는 노새를 말한다. 독(犢)
은 송아지이고 특(特)은 수컷 소로 가축들이 번성하고
평화롭게 산다는 뜻이다. 그런데 이 가축들을 놀라게
만들면 정신없이 날뛰고 안정을 찾지 못한다는 것이다.

이와 유사한 고사와 비유가 《순자》〈왕제〉에 나온다. 즉, 말이 수레에 놀라면 군자는 수레를 불안하게 생각하고 서민이 정치에 놀라면 군자는 그 자리를 불안하게 생각한다. 그러므로 말이 수레에 놀라면 말을 진정시켜 주어야 하고, 서민이 정치에 놀라면 서민에게 은혜를 베풀어주어야 한다. 곧 현명하고 어진 인재를 선발하고, 독실하며 공경스런 사람을 추천하며, 효제(孝悌)를 일으키고, 고아와 과부를 거두어주며, 가난하고 궁핍한 사람을 도와주면 서민이 정치를 편안하게 생각하고 그런 연후에야 군자의 자리도 안정될 수 있는 것이다.

《서전》에 이르길 "군주는 배이고, 서민은 물이다. 물은 배를 띄울 수도 있고 전복시킬 수도 있다."라고 하였으니, 이를 이르는 것이다.

誅斬賊盜 捕獲叛亡
주참적도 포획반망

> 도적을 처벌하고 베며 배반하고 도망한 자를 잡고 노획한다.

한자풀이 및 난이도

誅(벨 주) 斬(벨 참) 賊(도적 적) 盜(도적 도) 捕(잡을 포)
獲(얻을 획) 叛(배반할 반) 亡(망할 망, 없을 무)

단어풀이

誅斬(주참) : 죄를 따져 죽임.
捕獲(포획) : 사로잡다.

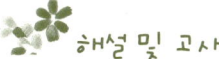
해설 및 고사

진한 시대 이전에 '적(賊)'은 난을 일으키고 살인을
꺼리지 않는 자를 일컫는 것이다. 예컨대 난신적자(亂臣
賊子)가 바로 그런 뜻에서 나온 말이다. 도(盜)는 단순히

277

물건을 훔치고 앗아가는 것을 말하는 것으로 적과는 경중의 차이가 있다.

주(誅)의 본뜻은 성토하다, 견책하다는 뜻이다. 때문에 말씀 언(言) 변이 주(朱) 자를 따르는 것인데, 이른바 입과 붓으로 잘못을 징벌한다는 것이다. 뒤에 그 뜻이 확대되어 성토하여 없애버리다, 제거하다로 바뀌게 되었지만 직접 신체적 형벌을 가하는 것이 아니라 말이나 글로 견책하여 죄인 스스로가 부끄럽게 여겨 죽게 만드는 것이다. 그래서 옛 속담에 "천 사람의 손가락질을 받으면, 병이 없어도 죽는다."는 말이 생긴 것이다. 참(斬) 자는 수레 거(車)와 도끼 근(斤)이 합친 것으로 '수레로 몸을 찢거나 도끼로 베어 죽이다.' 라는 뜻이다.

포획(捕獲)은 사로잡다는 뜻이다. 반(叛)은 임금을 배반하고 스스로 왕위에 오르려는 자를 일컫고, 망(亡)은 나쁜 일을 저지르고 달아난 자를 말하는 것이다. 따라서 이 두 구는 나라를 어지럽히는 치한들에게 그에 상응하는 형벌을 가하여 기강을 세운다는 것이다.

布射僚丸 嵇琴阮嘯
포사료환 혜금완소

여포는 활을 잘 쏘았고 웅의료는 탄환을 잘 놀렸으며
혜강은 거문고를 잘 타고 완적은 휘파람을 잘 불었다.

한자풀이 및 난이도

布(베 포) 射(쏠 사) 僚(벗 료) 丸(알 환) 嵇(뫼, 성 혜)
琴(거문고 금) 阮(성 완) 嘯(휘파람 소)

단어풀이

布(포) : 여포(呂布), 중국 후한 말엽의 장수.

僚(료) : 웅의료(熊宜僚), 초나라의 장수.

嵇(혜) : 혜강(嵇康), 시인, 죽림칠현의 한 사람이자 도가
　　　　의 연금술사.

阮(완) : 완적(阮籍), 죽림칠현의 한 사람, 위나라의 문학
　　　　가 · 사상가.

해설 및 고사

여포는 중국 삼국 시대의 장수로 활쏘기의 달인으로 전해지는데, 그 대표적인 사례로 유비가 원술의 군대에 포위되어 위험에 처했을 때 여포에게 구원을 청하였다. 이때 여포는 150보 밖에 있는 적의 창에 작은 가지를 맞혀서 유비를 구원한 적이 있었다.

웅의료는 초나라 때 장수로 힘이 천하장사여서 혼자서도 500명을 상대하여 이길 정도였다고 한다. 또 그의 장기는 탄환을 이용하는 것인데, 3개의 거대한 탄환을 교대로 빙빙 돌려도 땅에 떨어뜨리지 않았다고 하며, 또 이런 기술을 가지고 적들의 관심을 끌고 던지면서 적을 제압하기도 했다.

혜강과 완적은 혼란스런 위진(魏晉) 교체기에 산속에 은거하여 도가 사상에 의거한 생활을 하였는데, 주로 청담을 담론하고 음악을 즐겼다. 그 중에서 혜강은 거문고에 능했고 완적은 휘파람을 잘 불었다고 한다. 또 이들과 더불어 은거하면서 왕래했던 다섯 은자가 있었는데, 즉 완함·산도·왕융·유령·상수 등이다. 세인들은 이들을 죽림칠현(竹林七賢)이라 부른다.

恬筆倫紙 鈞巧任釣
염필윤지 균교임조

몽념은 붓을 만들고 채륜은 종이를 만들었으며, 마균은 기교가 있었고 임공자는 낚시를 만들었다.

恬(편안 념) 筆(붓 필) 倫(인륜 륜) 紙(종이 지) 鈞(고를 균)
巧(공교할 교) 任(맡길 임) 釣(낚시 조)

恬(념) : 몽념(蒙恬), 만리장성을 수축한 중국 진(秦)나라
　　　　의 장군.
倫(륜) : 채륜(蔡倫), 중국 후한의 관리.
鈞(균) : 마균(馬鈞), 중국 삼국 시대 위나라의 발명가.
任(임) : 임공자(任公子), 중국 임나라 제후의 아들.

해설 및 고사

　몽념(?~BC 209)은 진(秦)나라 때 사람으로 중국 통일에 혁혁한 공을 세운 장수였다. 당시 그는 흉노와 중국 각지를 정벌하고 또 만리장성을 축조하는 등 사방을 전전하였다. 그런 과정에서 조정에 보고할 사항이 많았는데, 당시에 처음으로 토끼털로 만든 붓과 송연묵(松煙墨)을 만들었다고 한다.

　후한 때 환관인 채륜은 105년 경에 처음으로 닥나무 껍질과 썩은 솜을 이용하여 종이를 만들었다. 그 전에는 대나무를 깎아서 그 위에 글을 썼다. 참고로 우리나라에 종이 만드는 법이 전해진 때는 200년 경이고, 일본에는 610년 경에 전해졌다.

　마균은 위나라 때 사람으로 기술이 뛰어났다. 그는 여러 가지 발명품을 만들었는데, 예컨대 수레에 나무로 만든 인형을 보고 수레를 조정하면 수레가 반드시 남쪽으로 향한다는 지남거(指南車)와 비단 직조기, 물 푸는 기구인 용골수차, 공성할 때 돌을 던지는 수레인 포서거(抛石車) 등을 만들었다고 한다.

　임공자는 임나라 제후의 아들로 50필의 거세한 소를

282 하늘 천 따 지 **천자문 여행**

미끼로 매달아 회계산에 걸터앉아서 동해 바다로 낚싯줄을 던졌는데, 1년 뒤에 큰 고기를 낚아 이를 건육(乾肉)으로 만든 뒤 절하(浙河) 이동, 창오(蒼梧) 이북의 사람들을 질리도록 먹여주었다고 한다.

釋紛利俗 竝皆佳妙
석분이속 병개가묘

어지러움을 풀고 세속을 이롭게 하니 아울러 모두 아름답고 묘하였다.

한자풀이 및 난이도

釋(놓을, 풀 석) 紛(어지러울 분) 利(이로울, 날카로울 리)
俗(풍속 속) 竝(아우를 병) 皆(다 개) 佳(아름다울 가)
妙(묘할 묘)

단어풀이

釋紛(석분) : 어지러운 것을 풀다.
利俗(이속) : 세상의 사람들을 이롭게 하다.

 해설 및 고사

앞서 나온 여덟 사람은 그 기술의 공교함이 진실로 장단과 득실이 있으나, 모두 어지러운 것을 풀고 세속

을 편리하게 한 것이라 할 수 있다. 또 그 기술은 모두 아름답고 절묘한 것들이다.

《사기》〈노중련전〉에 보면 평원군이 천금을 보내서 노중련의 장수를 축하하자 노중련이 말하기를 "천하의 선비들이 귀하게 여기는 바는, 남을 위하여 근심을 없애주고 어려운 일을 풀어주며 시끄럽고 어지러운 것을 해결해 주고서도 사례를 받지 않는 것이다."라고 하였는데, 바로 이들이 그 대표적인 사례이다.

毛施淑姿 工顰妍笑
모시숙자 공빈연소

모장과 서시는 자태가 아름다워 찡그리고 웃는 모습
이 고왔다.

 해설 및 고사

모장과 서시는 모두 옛날의 미녀인데 그 요염한 자태
가 세상에 뛰어났기 때문에 근심하고 찡그리고 기뻐하
여 웃는 모든 것을 아름답게 여겼다. 《장자》〈천운편〉에는 다음과 같은 고사가 있다.

"서시는 속병이 있어서 늘 눈살을 찌푸리고 마을을 다녔는데, 그 마을의 추녀는 서시의 그런 모습을 보고 아름답다고 생각했다. 그래서 추녀는 한 손으로 가슴을 받치고 눈살을 찌푸리며 마을 돌아다녔다. 그러자 마을의 부자들은 그러한 모습을 보고는 문을 닫고 나오지를 않았으며, 가난한 사람들도 역시 그러한 모습을 보고는 처자를 이끌고 도망쳤다는 이야기가 있다. 추녀는 서시의 눈살올 찌푸린 모습이 아름답다는 것을 알았어도 무엇 때문에 눈살을 찌푸린 모습이 아름다운지는 알지 못했다."

이 고사에서 "서시가 눈살을 찌푸렸다."는 뜻인 '서시빈목(西施顰目)'과 "서시의 눈살을 찌푸리는 것을 본받다."는 뜻인 '서시효빈(西施效顰)'이라는 고사성어가 나왔다. 지금은 통상적으로 무엇이 좋고 나쁜 것인지 생각지 않고 남의 흉내를 내는 것을 일컫는 말로 쓰여지고 있다.

또 《장자》〈제물론〉에도 "백성들은 소와 돼지고기를 먹고, 고라니와 사슴은 풀을 먹고, 지네는 뱀을 맛나게

서시

먹고, 올빼미와 까마귀는 쥐를 즐겨 먹는데 이 네 가지 중에서 누가 바른 맛을 가졌는지 알겠는가? 원숭이는 수달을 암컷으로 여기고, 고라니는 사슴과 교미하고, 미꾸라지는 물고기와 더불어 논다. 모장과 서시는 사람들이 모두 아름답게 여긴다. 그러나 물고기가 그들을 보면 숨고, 새가 그들을 보면 높이 날고, 고라니와 사슴도 보면 재빨리 달아나는데, 이 네 가지 중에 누가 천하의 바른 아름다움을 알겠는가?"라고 하여 모장과 서시의 뛰어난 자태를 묘사하고 있다. 그러나 동물에게는 모장과 서시가 아무리 뛰어난 미녀일지라도 역시 무섭고 경계할 대상이다. 내용 중에서 "물고기가 그녀들을 보면 숨고, 새가 그녀들을 보면 높이 난다."는 뜻인 침어낙안(沈魚落雁)은 오늘날에는 미인을 형용하는 말로 통용되고 있다.

年矢每催 曦暉朗耀
연시매최 희휘랑요

│ 해는 화살처럼 늘 재촉하고 햇빛은 밝게 빛난다.

한자풀이 및 난이도

年(해 년) 矢(화살 시) 每(매양 매) 催(재촉 최) 曦(햇빛 희)
暉(빛날 휘) 朗(밝을 랑) 耀(빛날 요)

단어풀이

年矢(연시) : 세월이 화살같이 빠르다는 뜻.
曦暉(희휘) : 햇빛이 밝게 비추어 운행하고 쉬지 않음.

🌸 해설 및 고사

　　연시(年矢)는 《문선》 중에 육기의 〈장가행〉에서 세월
의 빠르기가 강한 화살과 같다는 뜻인 '연왕신경시(年
往迅勁矢)'라는 시구에서 인용된 것이다. 매최는 항상
재촉한다는 뜻으로 《나린》에 나오는 "세월이 유수 같아

나를 재촉하므로 몸소 감당하자니 한탄할 뿐이네."라는
시구와 같은 의미이다.

그러나 혹자는 시(矢)를 시간을 알 수 있는 장치의 하
나인 누시(漏矢)로 주장하기도 한다. 즉 고대에는 시간
을 재는 공구인 공호적루(孔壺滴漏)가 있었는데, 공호에
물이 스며들면 화살이 물에 떠서 시각을 끊임없이 알려
준다고 한다. 그래서 매번 재촉하는 듯하다고 해석하기
도 한다.

희휘(羲暉)의 희는 햇빛이요 휘는 '휘(輝)'와 같은 의
미로 빛난다는 뜻이니, 곧 햇빛이 빛난다는 것이다. 낭
요(朗耀)의 낭은 명랑하다는 뜻이고, 요는 밝게 빛난다
는 것이다.

璇璣懸斡 晦魄環照
선기현알 회백환조

> 선기옥형(璇璣玉衡)은 매달린 채 돌고, 달이 차고 이지러지기를 반복한다.

한자풀이 및 난이도

璇(구슬 선) 璣(구슬 기) 懸(달 현) 斡(빙빙돌 안)
晦(그믐 회) 魄(넋 백) 環(고리 환) 照(비칠 조)

단어풀이

璇璣(선기) : 북두칠성의 둘째 별과 셋째 별의 이름, 혹은
천체를 관측하는데 쓰는 기계.

晦魄(회백) : 달 그림자가 그믐이면 밝음이 다해 없어지
고 초하루면 밝음이 다시 소행하며 보름 뒤
에 백(魄, 어둠)이 생기니, 해가 왔다갔다하
여 순환하며 밝게 비춤을 말함.

291

선기는 북두칠성 중에 둘째 별인 천선성과 셋째 별인 천기성을 지칭한다. 나머지 북두칠성의 이름으로 첫째 별은 천추성, 넷째 별은 천권성, 다섯째 별은 옥형성, 여섯째 별은 개양성, 일곱째 별은 요양성이라 한다. 여기서 선기는 북두칠성을 대표하는 것이다.

현(懸)은 매달다, 매달리다이고, 알(斡)은 빙빙 돈다는 뜻이다. 하늘에 높이 걸려 있는 북두칠성이 부단하게 국자 모양의 자루를 돌리는 모습이 바로 선기현알이다.

북두칠성의 다섯째 별부터 칠곱째 별까지를 두병(斗柄)이라고 하는데, 이 두병이 동쪽을 가리키면 봄이고, 남쪽을 가리키면 여름이며, 서쪽을 가리키면 가을이고, 북쪽을 가리키면 겨울이다. 따라서 북두칠성이 부단히 움직이는 것은 일 년에 사계절의 변화를 가름할 수 있다.

회백의 회(晦)는 그믐을 말하는데 캄캄함을 가리키고, 백(魄)은 달 윤곽의 빛이 없는 부분을 가리킨다. 그래서 초하루를 사백(死魄)이라 하는데, 이는 달이 아주 이지러졌다는 뜻이고 혹은 그날의 달을 뜻한다. 따라서 회백이란 그믐에 달이 숨어서 그 실체가 빛을 발하지 않음을 말하는 것이다. 환조는 달이 선회하여 다시 빛을 비치는 것을 뜻한다.

指薪修祐 永綏吉劭
지신수우 영수길소

손가락으로 나무 섶의 불씨를 지피는 것은 선행을 닦
아 복이 옴을 비유하니 오랫동안 편안하고 상서로움
이 높아지리라.

한자풀이 및 난이도

指(손가락 지) 薪(섶나무 신) 修(닦을 수) 祐(복 우)
永(길 영) 綏(편안 수) 吉(길할 길) 劭(아름다울 소)

단어풀이

永綏(영수) : 길이길이 편안함.

해설 및 고사

'지신'은 꺼지지 않는 나무 섶의 불씨를 가리킨다. 즉
《장자》의 〈양생주〉에 "활활 타는 나무 섶, 화력이 다해

도 그 불씨 남아 있어 꺼질 줄을 모른다.[指窮於爲薪 火傳也 不知其盡也]"라고 하였는데, 이는 꺼지지 않는 나무 섶의 불씨처럼 사람의 생명도 자손을 통해 무궁하게 계승된다는 것을 비유한 말이다.

예컨대 조선조 문인인 장유의 〈박씨 어른에 대한 만시〉에는 "복 중에선 뭐니뭐니해도 장수(長壽)가 최고이고 노인 대우하는 은총도 듬뿍 받았네. 슬하에 자손들 장성하고 한가로이 즐긴 만년의 나날. 불씨야 원래 꺼지지 않고 전해지니, 서산에 해 기운들 걱정할 게 뭐 있으랴"라는 구절이 나오는데, 바로 이와 같은 뜻이다.

그리고 평소 자신의 몸을 닦아 선행을 베풀면 역시 꺼지지 않는 나무 섶의 불씨처럼 하늘의 복록을 받아 영원히 편안하고 더욱 큰 행복을 누릴 수 있다는 것이다.

矩步引領 俯仰廊廟
구보인령 부앙낭묘

걸음을 바르게 하며 옷차림을 단정히 하고 조정에서
오르고 내린다.

한자풀이 및 난이도

矩(법 구) 步(걸음 보) 引(끌 인) 領(거느릴 령)
俯(굽을 부) 仰(우러를 앙) 廊(행랑 랑) 廟(사당 묘)

단어풀이

矩步(구보) : 바른 걸음걸이.
廊廟(낭묘) : 정전(正殿), 정사를 보는 곳, 조정.

해설 및 고사

'구보'는 법도에 맞는 조심스러운 걸음걸이를 말하며,
'인령'은 옷깃을 여민다는 뜻으로 의복의 목을 싸는 부
분을 여미고 예법에 맞는 몸가짐을 갖춘다는 것이다.

'부앙'의 부는 원래 고개를 숙여 아래를 내려다보는 것이고 앙은 고개를 쳐드는 것을 뜻하는 것인데, 여기서는 오르고 내린다는 뜻으로 쓰였다. '낭묘'의 낭은 종묘의 행랑이다. 옛날에 큰일이 있으면 먼저 종묘에서 조상에 고하고, 군신에게 자문을 구하였으므로 조정을 비유하여 낭묘라고 한다.

예컨대 1628년 8월 28일에 장유가 제수를 장만하여고 의정부 영의정 현헌 신공의 영전에 경건히 아뢰는 만시(挽詩)에서 "사문(斯文)은 찬담해지고, 낭묘는 공허해지고 말았으니, 그 누가 나라의 치욕 씻을 것이며, 그 누가 임금 걱정 덜어주리오."라는 구절이 있는데, 이때 쓰인 낭묘는 조정이란 뜻이다.

'부앙낭묘'의 뜻은 일상에 일거수 일투족도 근신하여 마치 조정에 임하고 종묘 제례에 참가하는 것처럼 하여 장엄, 엄숙, 공경, 근신하여 조금도 경솔한 행동을 하지 말라는 것이다." 이 두 구는 현직에 있는 관리들의 몸과 마음가짐을 교훈한 글이다.

束帶矜莊 徘徊瞻眺
속대긍장 배회첨조

예복을 갖춰 떳떳하고 씩씩한 몸가짐으로 배회하니
사람들이 우러러본다.

한자풀이 및 난이도

束(묶을 속) 帶(띠 대) 矜(자랑 긍) 莊(씩씩할 장)
徘(배회 배) 徊(배회 회) 瞻(쳐다볼 첨) 眺(바라볼 조)

단어풀이

束帶(속대) : 옷을 여미는 띠.
矜莊(긍장) : 몸을 바르게 가짐.
徘徊(배회) : 하염없이 이리저리 돌아다님.

해설 및 고사

속대는 옷을 여미는 띠이다. 대(帶)는 신대(紳帶)의 약
칭으로, 고대 사대부 계층은 예복에 큰 띠를 여미었는

데, 이를 신(紳) 혹은 사신(士紳)이라고 불렀다. 신의 종류와 길이는 신분에 따라 제한이 있었다. 즉, 《예기》〈옥조〉에는 "천자는 흰 띠에 주색(朱色)으로 안을 하고 띠 끝까지 단을 하는데, 안팎이 흰 띠에 끝에까지 단을 한 것은 제후의 것이다. 대부는 흰 띠에 끈을 늘리고, 선비는 흰 띠에 채색의 장식을 늘이며, 거사는 비단 대, 제자는 명주 대이다. 띠를 매어 매듭을 지으니, 그 너비는 3촌이요, 기장은 두른 띠의 길이와 같다. 신장제(紳長制)에서 길이가 선비는 3척이고, 유사(有司)는 2척 5촌이다."라고 하였다. 여기서 속대는 단순히 옷을 여미는 띠로써의 의미뿐만이 아니라 예복을 갖춘다는 뜻이다.

긍(矜)은 몸을 바르게 가져 품위가 있는 뜻이다. 예컨대 《논어》에 "군자는 긍지를 가지고 다투지 않는다."라고 하였으니 바로 그 뜻이다. 장(莊)은 엄숙하고 용모가 단정한 것이며 따라서 '속대긍장'의 뜻은 의관을 장중하고 단정하게 입고 행동과 표정을 부드럽고 엄숙하게 한다는 뜻이다.

이처럼 위의(威儀)를 갖추고 배회하면 사람마다 그를 우러러볼 것이니, 《시경》〈절남산〉에 이르길 "백성들이 모두 그대를 우러러본다."는 것이 이것이다.

孤陋寡聞 愚蒙等誚
고루과문 우몽등초

> 고루하고 배움이 적으면 어리석고 몽매한 자와 똑같
> 이 꾸짖는다.

단어풀이

孤陋(고루) : 견문이 적어 세상 물정에 어둡고 고집이 셈.
愚蒙(우몽) : 어리석고 무지몽매하다는 말임.

해설 및 고사

'고루과문(孤陋寡聞)'은 《예기》〈학기〉에 "홀로 배우
고 벗이 없으면 누추하고 견문이 모자라게 된다.[獨學而
無友, 則孤陋而寡聞]"에서 그 뜻을 취한 것이다. 즉 홀로

배워 견문이 적으면 어리석고 몽매한 자와 똑같이 꾸짖음을 듣게 된다는 것이다.

공자는 "군자는 널리 문헌에서 배우고, 예로써 단속해야 한다."고 했지만 여기서 그치지 않고 "세 사람이 걸어갈 때 반드시 여기에 나의 스승이 있다."며 누구에게나 배울 점이 있다고 주장한 바 있다. 《중용》에서도 "널리 배우되, 자세히 물어보라."고 하였으니, 견문이 없는 우물 안의 개구리처럼 하늘을 보고 좁다고 한탄하는 부질없는 어리석음을 범하지 말아야 힌다.

謂語助者 焉哉乎也
위어조자 언재호야

> 어조사라 이르는 것은 언(焉), 재(哉), 호(乎) 자이다.

한자풀이 및 난이도

謂(이를 위) 語(말씀 어) 助(도울 조) 者(놈 자) 焉(어찌 언)
哉(어조사 재) 乎(어조사 호) 也(어조사 야)

단어풀이

語助(어조) : 어조사.

해설 및 고사

  '위어조자' 는 어조사로 일컫는 글자란 뜻이다. 문자
에는 실자(實字)와 허자(虛字)가 있다. 실자는 문장에서
실질적인 뜻을 지닌 문자로 곧 명사나 대명사, 동사, 형
용사, 수사 등이며, 허자는 일정한 뜻이 없는 글자로 부

사, 전치사, 후치사, 접속사, 감탄사, 종결사 등의 글자인데, 옛 사람들은 이것을 통칭하여 어조사라고 하였다.

　허자는 실질적인 뜻은 없고 실자의 보조로만 쓰이나 문장을 만드는 데 없어서는 안 되는 글자이다. 대표적인 어조사로 언(焉) · 재(哉) · 호(乎) · 야(也)가 있으며, 이(而) · 야(耶) · 여(歟) · 의(矣) 등도 모두 문장에서 상용하는 어조사이다.